Limbradur
und die Magie der Schwerkraft

Nach dem gleichnamigen 360°-Fulldome-Animationsfilm von SOFTMACHINE
Lektorat: Martina Kuscheck
Wissenschaftliche Beratung: Dr. Markus Pössel, Heidelberg
Umschlagillustration: Ulf K.
Grafik und Gestaltung: Anke Elbel
Druck und Bindung: Grafisches Centrum Cuno, Calbe
Bildnachweis:
S.116: © blueringmedia, S.117: © McCarthys_PhotoWorks, S.117 ff: © Stillfx,
S.118: © sdecoret, S.119: © Nicku, S.121: © whiteMocca, S.122: © Bettmann / Kontributor,
S.124: © sakkmesterke, S.125: © fotoliaxrender, S.126: © NASA, S.127: © NASA,
S.128: © phonlamaiphoto, S.131: © Vadimsadovski, S.134: © vchalup

MIXTVISION DRUCKT IN DEUTSCHLAND

MIX
Papier aus verantwortungsvollen Quellen
FSC® C043106
FSC www.fsc.org

ISBN 978-3-95854-099-6

LIMBRADUR

UND DIE MAGIE DER SCHWERKRAFT

Volker Präkelt
Nach einer Idee von Peter Popp
Mit Illustrationen von Ulf K.

coolste Typ in meiner Klasse. Schon wegen seiner legendären Geburtstagspartys. Jedes Jahr lassen es seine Eltern krachen. Im letzten Jahr ging es auf ein Piratenschiff (mit Feuerwerk!). Und davor ins Planetarium. Diesmal darf er seine Freunde in den Dino-Park einladen. Ich hoffe, ich gehöre dazu. Bevor man bei Ole eingeladen wird, muss man so eine Art Mutprobe absolvieren, über die man hinterher nichts erzählen darf. Deshalb bin ich aufgeregt. Ich habe keine Ahnung, was heute auf mich zukommt.

Physik findet im zweiten Stock statt. Ich mag den Raum, weil es da riecht wie in Papas Firma. Da stehen auch Laborgeräte und Messinstrumente. Weil ich noch so früh dran bin, kann ich mir den Platz aussuchen – direkt am Fenster in der letzten Reihe. Von dort sieht man Hochhäuser und die Kräne am Hafen.

Und ich habe meine Ruhe vor Herrn Fischer.

Keine Ahnung, warum – er mochte mich von Anfang an nicht. Er ist auch unser Sportlehrer und ich stehe mehr auf Skateboarden als auf Reckturnen oder Basketball. Papa hat sich beim Lehrersprechtag mit ihm unterhalten. Seitdem nimmt Herr Fischer mich in Physik nicht mehr dauernd dran. Aber meine Note ist dadurch nicht besser geworden.

Papa meint, ich bin eigentlich begabt in Mathe und Physik. Er muss es ja wissen, schließlich entwickelt er in seiner Firma Bauteile für Roboter und schlägt sich mit Formeln rum. Ich dagegen verzweifle schon an einfachen Gleichungen.

Ole kommt durch die Tür. Auf seinem Hoodie steht das Wort *dangerous*. Das ist Englisch und heißt gefährlich. Er steuert auf meinen Platz zu und ich hoffe, dass er mir jetzt meine Aufgabe verrät. Aber er zieht ein Gesicht, als sei er schlecht aufgestanden.

»Weg da, Luke«, sagt er barsch. »Für dich ist noch kein Fensterplatz reserviert.«

»Das kann auch dauern, wenn's blöd läuft!« Hinter Ole taucht Emre auf. Er trägt eine weite Hose mit Fleckenmuster und redet Ole nach dem Schnabel.

In diesem Moment poltert Kuller in den Physikraum. Er hat rote Haare, Sommersprossen und ständig was im Mund. Kein Wunder, dass er ein paar Kilo zu viel auf die Waage bringt. Ich kenne ihn schon seit dem Kindergarten. Er ist ein Kumpel, mit dem man die sechste Klasse überstehen kann. Außerdem hat er eine große Klappe und seinen eigenen Kopf. Was Ole sagt, ist ihm vollkommen egal.

»Was ist los? Machen die beiden einen auf dicke Hose?«, fragt er und drängelt sich dazwischen. Ole reckt das Kinn vor und Emre verschränkt die Arme vor der Brust.

Jetzt bloß keinen Streit.

Natürlich finde ich es komisch, wie sich Ole benimmt. Ausgerechnet heute. Aber vielleicht gehört das zur Aufgabe.

Peng!

Kuller knallt seinen schweren Rucksack auf die Bank. »Nimm Platz, Luke, heute sitzen wir am Fenster!«

Emre zieht ein Gesicht wie ein finsterer Gangsterrapper. »Das ist nicht dein Ernst, Dickerchen.«

Kuller grinst. »Ist es auch nicht«, sagt er. »Der Klügere gibt nach. Oder?«

Er nimmt seine Sachen und zieht mich auf die andere Seite des Klassenraums. Ich suche Ole und werfe ihm einen coolen Blick zu. Den habe ich vor dem Spiegel geübt und es soll aussehen, als würde ich checken, was hier gerade abgeht. Ole verzieht sein Gesicht zu einem nachsichtigen Grinsen und ich hoffe, ich bin nicht rot geworden.

»Guten Morgen, Herrschaften!« Schwungvoll betritt Herr Fischer den Klassenraum. »Heute ist Freitag ...!«

»... der Dreizehnte!«, ruft Emre.

»Exakt«, ruft der Physiklehrer. »An einem Tag wie diesem kann so einiges passieren!«

Er geht an die Tafel und schreibt etwas dran: Eigenschaften und Bewegungen von Körpern.

Wie aus dem Nichts hält er einen grünen Apfel in der Hand, hebt ihn in die Luft und – lässt ihn auf den Boden plumpsen.

Ein paar Mädchen kichern.

Hannah meldet sich. Ihre Eltern haben einen Gemüseladen. »Unnötige Verschwendung von Lebensmitteln«, meckert sie. »Wer soll *den* jetzt noch essen?«

»Na, ich«, sagt Herr Fischer. Er hebt den Apfel auf und beißt rein. »Noch jemand?«, fragt er mit vollem Mund.

Nein, danke.

»Und jetzt die Frage aller Fragen: Warum ist der Apfel eben auf den Boden gefallen?«

Neben mir wedelt Kuller mit seinen kurzen Armen und ich ahne, dass einer seiner berüchtigten Scherze folgt.

»Weil der Apfel – Fallobst ist?«

Alle lachen.

»Okay«, sagt Herr Fischer. »Der war nicht schlecht. Aber kennt jemand den wahren Grund? Raus damit. Wie sieht's mit dir aus, Schnelldenker?«

Er meint Moritz, denn der weiß alles. Meistens.

»Weil der Apfel schwerer ist als Luft?«

»Hmm.« Fischer bewegt den Kopf hin und her wie ein Quizmaster im Fernsehen. »Ja ... könnte man sagen. Laura, was hältst du davon?«

Laura mit ihren braunen Locken ist die Hübscheste in der Klasse. Finde ich.

»Wegen der Schwerkraft, Herr Fischer«, sagt sie und strahlt ihn an. »Das ist die Kraft, die uns auf der Erde hält.«

»Genau!« Er schreibt das Wort an die Tafel. »Diese Kraft, die den Apfel nach unten fallen lässt und uns auf dem Boden hält, nennt man auch *Gravitation.* Was meint ihr, gibt es die nur auf der Erde?« Herr Fischer deutet auf die Wandkarte mit den Planeten. »Oder auch auf anderen Gestirnen im Weltall?«

Er tut so, als würde er über seine eigene Frage nachdenken, und schlendert in die Fensterecke.

Dort hat Ole die Arme vor der Brust verschränkt. Er liegt auf seinem Stuhl, hat seine langen Beine im Gang geparkt und wackelt mit seinen neonroten Sneakers.

»Nehmen wir mal an«, sagt Herr Fischer, »wir hätten einen exzellenten Basketballer in der Klasse. Einen, der sich einen Dreierwurf auf dem Mond zutraut. Natürlich im Raumanzug.«

Und mit Helm? Ein Raunen geht durch die Reihen. Keine Frage, Ole macht beim Sport die meisten Körbe ...

»Nehmen wir an, Ole wäre dieser Superprofi.«

Ole stemmt sich in eine halbwegs ordentliche Sitzposition.

»Schaffst du das?«, fragt Herr Fischer. »Oder fliegt der Ball ins All?«

Ich bin gespannt, was er antwortet.

»Na ja.« Ole überlegt einen Moment. »Schwerkraft gibt es auch auf dem Mond. Sonst wären die Astronauten ja ins All abgehoben. Also fällt der Ball in den Korb.«

»Stimmt. Aber langsamer. Dazu kommen wir später.« Herr Fischer deutet einen Applaus an. »Ein Dreier für Ole!« Er kehrt zur Tafel zurück und malt den Mond, wie er die Erde umkreist. »Auch der Mond wird von der Erde angezogen. Deshalb kreist er um die Erde.«

Er dreht sich um, auf der Suche nach einem Opfer. »Blöde Frage – warum fällt der Mond dann nicht auf die Erde?« Er reckt den Kopf und scannt die Reihen ab.

Ein Segen, dass er mich nie drannimmt.

»Lukas?«

Wie bitte? Was ist denn heute los?

»Für dich müsste das doch eine Kleinigkeit sein.«

Ich schalte sofort auf Empfang und schaue auf die Uhr über der Klassentür. Noch zwanzig Minuten.

»Äh – warum sollte das für mich so leicht sein, Herr Fischer?«, frage ich, um Zeit zu gewinnen.

»Du hast uns doch zu Beginn des Schuljahres erzählt, dass du dich für die Geheimnisse des Weltalls interessierst. Und dass du sogar ein Buch über einen weltberühmten Mann zu Hause hast. Albert Einstein, stimmt's?«

Ich nicke schwach. Klar, Albert Einstein mit seiner Steckdosenfrisur und seinen megaschlauen Ideen ist der coolste Wissenschaftler der Welt. Das weiß doch jeder. Im Schuleingang hängt das berühmte Foto, auf dem er die Zunge rausstreckt.

Und soviel ich weiß, wird morgen am Domplatz ein Albert-Einstein-Museum eröffnet. Dort kann man alles über seine verrückten Ideen erfahren – über Zeitreisen zum Beispiel. Angeblich wird man kaum älter, wenn man mit Lichtgeschwindigkeit durchs All düst. Sagt Papa. Warum das so ist, konnte er mir aber nicht erklären.

»Das B-b-buch?«, frage ich wie ein Dreijähriger und komme ins Stocken. »Das Buch ... äh ... das hat mir meine Mama geschenkt.«

Stille.

Einige starren auf ihre Schuhe. Sie wissen, dass meine Mama vor drei Jahren bei einem Autounfall ums Leben gekommen ist. Kuller stößt mich aufmunternd mit dem Knie an. Laura wirft mir einen besorgten Blick zu.

»Tut mir leid, Lukas«, sagt Herr Fischer. »Ich erinnere mich. Das Buch hast du von deiner Mutter. Aber zurück zur Frage: Warum fällt der Mond nicht auf die Erde?«

Wieso fällt mir die Antwort nicht ein? In meinem Kopf ist ein schwarzes Loch. Kuller will mir helfen und täuscht einen Asthmaanfall vor.

Keine Chance.

Herr Fischer lässt mich zappeln. »Was denkst du, Lukas? Du warst doch schon mal im Planetarium, oder?«

Unter der Bank reicht mir jemand einen Zettel. Ich falte ihn auseinander und hoffe, dass die Antwort draufsteht. Manchmal hat eins der Mädchen Mitleid.

Dann erkenne ich die Handschrift von Ole und mein Herz schlägt schneller.

Da stehen nur vier Worte:

Der Plan

Papa sehe ich nur abends und am Wochenende. Wenn andere Väter den Rasen mähen, sitzt er an seinem Zeichentisch und denkt sich Gelenke für Roboter aus. Die sollen den Menschen helfen. Wenn er in Stimmung ist, macht er jede Menge Witze darüber. Er sagt, einige von diesen intelligenten Maschinen hätten sich längst unter uns gemischt. Sie sehen aus wie wir und es ist es nicht leicht, sie zu erkennen.

Ein paar davon kenne ich. Sie geben sich als Lehrer aus.

Roboter und Aliens finde ich spannend. Nach Mamas Unfall vor drei Jahren wollte ich Astronaut werden. Cooles Outfit, fand ich und sah mich schon mit Helm und Raumanzug. Schwerelos in einem Raumschiff schweben – wie toll wäre das denn?

Und vielleicht, dachte ich, treffe ich sie eines Tages da oben.

Mama.

Im Himmel.

Na ja, ich war damals acht.

Papa war ziemlich begeistert, als ich ihm von meinem Berufswunsch erzählt habe. Vermutlich dachte er, das würde gegen meine Höhenangst helfen.

»Du ziehst auf den Dachboden«, schlug er vor. »Dann gewöhnst du dich dran, wie alles von oben aussieht.«

Unser Haus ist klein und steht in einer Siedlung. Unten sind Wohnzimmer, Bad und Küche. Und oben die Schlafräume. Dummerweise ist der Raum unter dem Dach nicht besonders hoch. Papa kann in der Mitte nur stehen, wenn er sich klein macht. Aber es reicht für eine Hängematte. Ich darf allerdings nicht viel schwerer werden, weil mein Hintern sonst auf dem Boden schleift. Im Liegen kann ich mein Reich überschauen. Bett, Schreibtisch, Kommode, Bücherregal. Außerdem ein Schlagzeug und eine Gitarre. Und Modelle von Planeten wie Venus, Mars und Saturn. Papa hat sie nach einer Präsentation mitgebracht und seitdem baumeln sie vom Dachbalken.

Draußen wird es dunkel. Ich hänge in der Matte und denke nach. Treffpunkt Museumshafen – was hat das zu bedeuten? Hoffentlich schickt mich Ole nicht ins dreckige Hafenwasser.

Papa sitzt nachts ewig lange im Wohnzimmer und bekommt bestimmt mit, wenn ich mich davonschleichen will. Also muss ich von oben flüchten. Über die Garage. Aber wie komme ich später wieder ins Haus?

Einfach durch die Haustür?

Blöde Idee! Papa schließt sie ab, wenn er ins Bett geht. Und lässt den Schlüssel von innen stecken.

Es gibt keine andere Möglichkeit. Ich muss Hannah einweihen. Ihr Fenster geht direkt aufs Garagendach hinaus.

So wie es im Haus riecht, versucht meine kleine Schwester, Muffins oder Kekse zu backen. Hannah ist sechs, hat Zöpfe und eine grandiose Zahnlücke, weshalb sie ein wenig lispelt. Selbst im Haus trägt sie eine Strickmütze – als hätte sie Angst, dass dort Spinnen von der Decke fallen.

Ich schlendere in die Küche und schaue in den Kühlschrank.

Trotz des geöffneten Fensters liegt der Geruch von angebrannten Keksen in der Luft. Hannah scheint das nicht zu stören. Unverdrossen rührt sie einen neuen Teig an.

Sieht aus wie Alien-Schleim.

»Na, Hannah, wie steht's in der Giftküche?«

»Mach dich nicht lustig, Luke.« Sie taucht ihren Zeigefinger in den Teig und hält ihn mir entgegen. »Probieren?«

»Später, wenn Kekse daraus geworden sind. Kann sein, dass ich einen oder zwei als Proviant brauche.« Kunstpause. »Heute Nacht.«

»Heute – Nacht?«, fragt Hannah.

»Ups, jetzt habe ich mich verplappert.«

Sie lässt den Knethaken sinken. »Was ist denn heute Nacht?«

Ich lasse sie zappeln. Gleich kommt die Nummer mit dem Zauberstab. Aber erst einen Spruch raushauen.

»Bambula delengicus maxissimus?«

»Hokuskus tüdelütt!«, lautet die Antwort.

»Wer stehet vor dir?«, frage ich und versuche dabei, wie ein Magier zu wirken.

»Ein Zauberschüler«, flüstert Hannah.

Ich gestehe. Um meine kleine Schwester nach Mamas Tod ein wenig abzulenken, habe ich für sie eine andere Welt erfunden – so eine magische Welt, in der ich auf eine Zauberschule gehe.

»Was hat der Schüler denn vor in dieser Nacht?«, fragt Hannah.

»Er erzählt es dir nur, wenn dein Mund versiegelt bleibt.«

»Oh. Ich kann schweigen wie ein …«

»Backofen?«

Wir müssen beide lachen. Dann lege ich los mit meiner Geschichte. »Also, das Ding ist: Alle Zauberschüler treffen sich um Mitternacht an der alten Brücke.«

»Wieso?«

»Dann werden unsere Zauberstäbe aktiviert. Endlich bin ich dabei. Wie findest du das?«

Hannah nickt begeistert, und jetzt muss ich etwas erklären. Am Tag von Mamas Beerdigung habe ich etwas Saublödes gemacht und meiner Schwester etwas versprochen, was ich im Leben nicht halten kann.

Hannah war damals gerade vier geworden und hatte kapiert, dass sie unsere Mama nicht wiedersehen würde. Sie verbarrikadierte sich in ihrem Zimmer und brüllte, sie würde nie wieder rauskommen.

Ich habe mir den Zauberstab von der Hogwarts-Party geschnappt und so lange geklopft, bis sie mich reingelassen hat. Dann bin ich auf die Idee gekommen, ihr zu erzählen, dass ich von nun an auf eine Zauberschule gehe. Heimlich. Sie hat aufgehört zu heulen. Und als sie mich so angesehen hat, habe ich ihr meinen Zauberstab in die Hand gedrückt und wir haben ihn beide festgehalten. Dann redete ich drauflos, ohne groß nachzudenken.

»Weißt du, was man dort lernen kann?«

»Nein«, antwortete sie und schluchzte vor sich hin.

»Wie man auf magische Weise Kontakt mit Gestorbenen aufnimmt. Die sind nämlich nicht so richtig tot.«

»Echt?«

»Man kann mit ihnen reden, wenn man die richtigen Zaubersprüche kennt.«

»Kann ich das auch?«

»Ich werd's dir beibringen. Aber du darfst keinem was erzählen.«

Aus dieser Zaubernummer komme ich seitdem nicht wieder raus. Wenigstens war ich so schlau, ihr zu verklickern, dass das Ganze ein paar Jahre dauern würde. Bis dahin, so hoffte ich, würde sie den Zauberquatsch vergessen haben. Hat sie aber nicht. Sie hat mir sogar einen Zaubernamen verpasst.

Limbradur.

Eines Tages muss ich ihr die Wahrheit sagen. Im richtigen Moment. Auf den warte ich noch.

»Darf ich mitkommen, Limbradur? Bitte!«

»Auf keinen Fall. Du musst mich ja durch dein Fenster nach draußen lassen. Und später wieder zurück ins Haus, falls Papa die Haustür von innen verriegelt. Ich werfe Steinchen an die Scheibe. Oder einen verkohlten Muffin. Der dürfte hart genug sein.«

»Witzig. Aber du hast doch deinen – Zauberstab? Ich meine, der funktioniert doch dann, oder?«

»Der muss sich erst aufladen, oder so.«

Hannah wirft einen Blick auf unser Telefon. »Haben Zauberstäbe denn auch einen Akku?«

Es ist kurz vor elf und ich will gerade in Hannahs Zimmer schleichen, als ich Schritte auf der Treppe zum Dachboden höre.

»Luke? Bist du da oben?«

Mein Vater.

»Hi, Paps. Bist du's? In echt? Oder ist dein Lieblingsroboter ausgebrochen und redet mit verstellter Stimme?«

»Auf keinen Fall. Er würde sich niemals trauen, seinen Herrn und Meister einzusperren«, antwortet mein Vater mit schnarrender Roboterstimme. Schon steht er vor meiner Hängematte. Er lächelt mich an, aber das schlechte Gewissen steht ihm ins Gesicht geschrieben. »Ist leider spät geworden für einen Freitagabend. Aber wie ich sehe, schläfst du ja auch noch nicht.« Er schiebt ein paar Arbeitsblätter beiseite und hockt sich auf meinen Schreibtisch.

O nein, bitte nicht.

Jetzt kein Vater-Sohn-Gespräch.

»Bist du noch nicht müde, Lukas?«

»Ich will noch lesen.« Zum Beweis fische ich das erstbeste Buch vom Stapel mit den Schulbüchern.

Der Erlkönig und andere deutsche Balladen.

»Donnerwetter«, sagt mein Vater begeistert. »Goethe! Wer reitet so spät durch Nacht und Wind? Es ist der Vater mit seinem Kind! So geht das doch los, oder? Musste ich früher auch auswendig lernen. Tolles Gedicht.«

»In der letzten Strophe ist das Kind tot. Das nennst du toll?«

»Ach was! Ich hatte in Erinnerung, dass der Erlkönig dran glauben muss. Weil er so böse ist.«

Typisch Papa. Er glaubt immer an das Gute. Ich kann's verstehen. All die Jahre nach Mamas Tod hat er immer versucht, alles Böse von uns fernzuhalten. Das muss ganz schön anstrengend sein.

Er kratzt sich am Kopf. Ganz oben werden die Haare schon deutlich dünner. »Ich habe mir überlegt, wir könnten am Wochenende was unternehmen. Du, Hannah und ich. Wir drei.«

»Okay. Was denn?«

Das Einstein-Buch liegt aufgeschlagen auf dem Schreibtisch.

»Lust auf einen Museumsbesuch? Das Thema interessiert dich doch, oder?«

Er fängt an, im Buch zu blättern. Will er hier übernachten?

Ich werde langsam nervös, als ich ein Geräusch von draußen höre. Irgendetwas ist im Garten umgefallen. Kann sein, dass der freche Marder unterwegs ist. Oder die Maulwürfe im Mondlicht eine Pyjamaparty feiern.

»Was ist das da unten?«, frage ich ängstlich und spiele das Weichei.

Papa steht auf. Das ist nicht so einfach, ohne sich den Kopf zu stoßen. Oder den Saturn ins Trudeln zu bringen.

»Ich schau nach«, sagt er entschlossen.

»Verscheuch die Werwölfe, Paps!«

Er grinst. »Mach ich! Schlaf schön, Luke.«

Schon ist er auf dem Weg nach unten. Das Abenteuer kann beginnen. Jetzt muss ich nur noch wach bleiben.

Noch eine halbe Stunde bis Mitternacht. Leise öffne ich die Tür zu Hannahs Zimmer. Meine kleine Schwester hockt angezogen in ihrem Prinzessinnensessel und schläft. Ich schleiche mich an ihr vorbei. Als ich aus dem Fenster schlüpfen will, höre ich ihre Stimme.

»Hast du nicht was vergessen?«

»Was denn?«

»Na, das Wichtigste, Limbradur! Deinen Zauberstab!«

Die Aufgabe

Der Treffpunkt liegt in der Hafencity. Das ist ein eilig hochgezogenes Stadtviertel mit Neubauten, die aussehen wie aus dem Ei gepellt. Hier wächst kein Baum, Sträucher auch nicht und nachts ist da tote Hose. Mit dem Skateboard habe ich zwanzig Minuten bis dorthin gebraucht. Zwischendurch musste ich an Papa denken. Der hat hoffentlich nichts gemerkt. Und Hannah? Die wird wieder eingeschlafen sein.

Am Museumskai rosten die alten Schiffe vor sich hin. Ein altes Feuerschiff ist darunter, ein ehemaliger Passagierdampfer und ein Dreimaster mit schwarzen Segeln. Den kann man für Partys mieten. Dazwischen Hausboote und ein Zollschiff, mit dem sie früher die Schmuggler gestoppt haben.

Wir waren mal tagsüber mit der Klasse da und ich fand es nicht so spannend. In der Nacht, wenn die hellen Lichter der Hafenkräne Schatten werfen, ist das anders. Da kann man sich alles Mögliche einbilden, wenn man einsam auf einer Bank hockt und wartet.

Was sich da im Zeitlupentempo an der Brücke des Dampfers bewegt – sieht das nicht aus wie der Kopf eines Dinosauriers?

Von einer Kirchturmuhr kommen sechs Glockenschläge.

Da drüben, der nachtschwarze Umriss an der Fischbude – als ob *Darth Vader* persönlich mit Maske und Umhang auf mich wartet!

Die Turmuhr schlägt weitere sechs Male.

Mitternacht.

Am 14. März – also heute – hätte Albert Einstein Geburtstag. Das stand in der Zeitung. Als ich überlege, wie alt der Wissenschaftler wohl geworden wäre, höre ich, wie hinter mir jemand ein Laserschwert zieht und fahre

erschrocken zusammen. Aber das ist nur Ole, der mit seinem Smartphone herumfuchtelt und Geräusche macht.

Wo Ole ist, kann Emre nicht weit sein. Beide bauen sich vor meiner Bank auf. Unter ihren Kapuzen sehe ich sie grinsen. Keine Ahnung, wie sie es geschafft haben, nachts aus dem Haus zu kommen.

»Na, Alter – hast du die Hosen voll?«, fragt Emre.

»Wieso?«

»Sitzt da so komisch. Willst du ein Ei ausbrüten?«

Vermutlich sieht das so aus, weil der Zauberstab in meiner Hosentasche steckt.

»Lass ihn doch«, sagt Ole. »Ist ein gutes Zeichen, dass er pünktlich am Treffpunkt ist.« Er stellt seinen Fuß im neonroten Turnschuh auf die Bank und legt mir seine Hand auf die Schulter. »Pass auf. Morgen wird das Museum am Domplatz eröffnet. Albert Einstein und so. Kennst du doch.«

»Klar kenne ich den.«

»Auch den Film *Nachts im Museum*?«

Ich nicke. Der war unheimlich.

»Steh auf, Alter«, sagt Emre. »Jetzt wird's feierlich.«

Ole zieht einen Zettel aus der Tasche. Vom Hafen ertönt das tiefe Signalhorn eines Schiffs und macht den Moment noch feierlicher.

Er liest vor.

»Deine Aufgabe: Du schleichst dich heute Nacht ins neue Museum am Domplatz. Als Beweis, dass du wirklich dort warst, bringst du etwas mit und zeigst es uns dann.«

»Okay«, sagte ich und mache auf supercool. »Das kriege ich hin. Aber wie soll ich da reinkommen?«

Emre stöhnt genervt. Er zeigt auf Ole. »Sein Vater ist Architekt. Für innen. Der hat die Möbel gemacht und alles.«

»Genau«, ergänzt Ole. »Die arbeiten heute Nacht durch. Müssen ja fertig werden. Kommt also nur darauf an, wie geschickt du dich anstellst.«

»Du solltest keine Zeit verlieren«, sagt Emre. »Und jetzt schwing dich auf dein Brett.«

Die Turmglocke läutet einmal, als die beiden auf ihre Mountainbikes steigen und in der Nacht verschwinden.

Viertel nach zwölf.

Die Museumstür

Verflixt! Selbst Skateboards mit Stoßdämpfern machen Krach auf diesen unebenen Steinen. Wer ist nur auf die Idee gekommen, den Domplatz pflastern zu lassen wie im Mittelalter?

Ich springe vom Brett – keine Lust, um diese Zeit die Stadt aufzuwecken. Der Platz ist menschenleer, bis auf zwei Fahrradfahrer, die mich nicht beachten. Die Türme des Doms sind beleuchtet, aber das Museum liegt im Dunkeln.

Ich dachte, da wird noch alles vorbereitet!

Von Weitem kommt das Geräusch einer Polizeisirene und wird lauter. Ich ducke mich hinter einer Leuchtreklame.

Schräg gegenüber liegt der Eingangsbereich des Einkaufszentrums. Dort sehe ich zwei Typen, die wild fluchend Spraydosen in ihre Rucksäcke werfen und wegrennen. Der Größere von beiden entdeckt mich und brüllt in meine Richtung.

»Ey, hau besser ab, die verstehen keinen Spaß!«

In diesem Moment rollt das Polizeiauto auf den Domplatz. Ein Seitenfenster steht offen und ich höre den Funkverkehr. »Verdächtige Personen in Richtung Hafencity. Over!«

Yippie! Die Polizisten geben Gas und nach ein paar Sekunden ist der Spuk vorbei.

Jetzt muss ich nur noch meinen Job erledigen. Rein ins Museum. Ein Beweisstück in die Tasche stecken. Zur Not einen Schlüsselanhänger aus dem Museumsshop. Dann raus aus dem Laden und um zwei liege ich dann wieder im Bett. Mutprobe bestanden.

Aus der Richtung des Doms blitzt der Strahl einer Taschenlampe auf. Das wird der Sicherheitsdienst auf der Mitternachtsrunde sein.

Aber warum sehe ich im Museum kein Licht? Irgendetwas ist hier faul. Und außerdem – wie soll ich da reinkommen, wenn die Vorbereitungen zur Eröffnung schon beendet sind?

Ich klemme mein Brett unter den Arm, schleiche die letzten Meter bis zum Eingang und kauere mich in den Schatten des Vordachs.

Ob das so schlau ist?

Wenn das Licht zum Sicherheitsdienst gehört, wird diese Tür sicher als Erste gecheckt.

Mist. Ich hatte mir meinen Auftrag anders vorgestellt. Ich dachte an automatische Türen, durch die Helfer Kisten ins Museum tragen. Da hätte ich einfach durchschlüpfen können.

Ich drehe am Türknauf – in der Hoffnung, irgendein Idiot könnte es verpennt haben, korrekt abzuschließen. Aber die Tür ist zu – keine Chance für Möchtegerneinbrecher.

Ich rüttele fester. Der Lichtstrahl hinter mir wird heller. Dann hallt das Klingeling eines Schlüsselbundes über den leeren Platz. Jetzt bellt auch noch ein Hund. Ich mag keine Hunde, die ich nicht kenne. Also entschließe ich mich zum Äußersten. Ich ziehe den Zauberstab aus der Hosentasche und flüstere:

»Iana tappatadana!«

Bescheuert, oder? Aber was tut man nicht alles, wenn man in der Klemme steckt. Noch einmal das Ganze, aber lauter.

»IANA TAPPATADANA!«

Der Tür ist das egal.

»Shamba labera malaficia!«

Langsam gehen mir die Sprüche aus. Schließlich heiße ich nicht Harry Potter.

»Patefacius osibisa! PATEFACIUS OSIBISA!«

Ich bin ich total genervt. Der blöde Köter bellt sich die Seele aus dem Leib und in wenigen Sekunden wird der Lichtkegel an mir hochkriechen. Ich wedele mit dem Zauberstab wie ein Dirigent und blaffe die Tür an.

»BLABLABLA! BLA-BLA-BLA!«

Und was macht die Tür?

Sie öffnet sich mit einem Zischen und ein Lichtstrahl fällt auf meine Sneakers. Nicht zu fassen – er kommt aus meinem Zauberstab.

Also schlüpfe ich durch den Spalt. Im letzten Moment glaube ich, zwei Schatten zu sehen. Dann fällt die Tür hinter mir zu.

Die Eingangshalle

Ich bin drin. Entgeistert starre ich meinen Zauberstab an. Alle möglichen Geschichten fallen mir ein – über Zauberschüler und Magier. Deren Stäbe wurden aus edlen Hölzern geschnitzt. Meiner ist aus Plastik und aus dem Kaufhaus. Mama hat ihn mir gekauft, als ich noch in die Grundschule ging. Damals hat die Spitze noch nicht geleuchtet. Aber jetzt – als habe jemand eine LED-Leuchte draufgesetzt.

Ich tippe damit gegen die Museumstür, bis sie offen steht. Nach und nach erhellen Lichtleisten das Dunkel. Sie reichen bis zur Decke und tauchen den Eingangsbereich in ein warmes Licht. Ich schnappe mir mein Board und …

Klapp! Die Tür fällt zu.

Auf dem Ticketschalter warten Prospekte auf die ersten Besucher. Dahinter führt eine breite Treppe nach unten in den Ausstellungsbereich – zur Vorhalle, die von viereckigen Säulen getragen wird. Überall stehen Glaskästen. Was da drin sein mag?

Um das herauszufinden, habe ich eine ganze Nacht Zeit.

Ich zucke zusammen, als ein Schatten über meinen Kopf fliegt. Doch als ich nach oben blicke, leuchten nur die Sterne durch das flache Glasdach.

Am Kopfende der Eingangshalle thront eine Kugel mit Achsen und Drehelementen. Sie strahlt ein goldenes Licht aus. So etwas habe ich schon gesehen – in Physik. Allerdings viel kleiner. Das Ding sieht spannend aus und ich schwebe darauf zu.

Schwebe?

Ich stehe auf meinem Board, linker Fuß vorn, und gleite die Treppe hinunter, ohne dass die Rollen den Boden berühren. Genau auf die Kugel zu. Keine Ahnung, wie

das funktioniert. Ich mache mich schwer und gehe in die Knie, aber das Brett hält den Abstand zu den Stufen.

Vorsicht!

Plötzlich taucht ein Hindernis vor mir auf. Eine Säule mit einem Standbild. Wirre Haare und buschiger Schnauzbart – das muss Albert Einstein ein. Im letzten Moment kann ich abdrehen und stelle fest: Ich kann das Brett unter mir mit einer leichten Körperbewegung steuern – nach links und nach rechts. Einfacher als auf der Straße.

Geht das auch nach oben und nach unten?

Hinter der Kugel ragen gebogene Metallschienen in die Luft. Nach einigen Windungen treffen sie sich unter der Decke. Sieht aus wie ein abgedrehtes Kunstwerk. Oder ein verrücktes Treppengeländer, auf dem man *sliden* kann.

Wahnsinn! Auch das funktioniert! Ich nehme die erste Schiene, ohne sie zu berühren. Nach einem Aufwärtsbogen wechsle ich auf eine andere Schiene. Besser als jede Achterbahn!

Die Schiene wird zu einem Kreis, optimal für einen Looping. Einen Moment lang habe ich komplett vergessen, was mich vorher noch genervt hat: die Geisterstunde im Museumshafen, das besorgte Gesicht von Papa und die verwunderten Augen meiner Schwester.

Einfach megakrass, was hier abgeht!

Nach zwei fetten Loopings weiß ich kaum noch, wo oben und unten ist. Dann stoßen die Schienen aneinander und enden in einer Art Rampe, die leicht nach oben gebogen ist. Ich springe ab und überlege, welchen Trick ich in der Luft ausprobieren soll, mitten im Museum (schaut ja keiner zu), als mein Flug jäh gebremst wird.

Ein Zusammenprall in zwei Metern Höhe!

Mayday!

Ich stürze zu Boden – nein, tue ich nicht! Ich halte mich in der Luft und frage mich, was sich mir in den Weg gestellt hat.

Alby X3

Auf den ersten Blick sieht es aus wie eines dieser Modelle, die im Chemieraum stehen – dicke Kugeln, von Stäben zusammengehalten. Die sollen Moleküle darstellen. Das sind die Bausteine von allen Dingen, die wir um uns herum sehen.

Das Dings vor meiner Nase hat ungefähr die Größe wie ein solches Molekül-Modell und entknäuelt sich mit einem leisen Zischen. Wie gebannt schaue ich zu. Bei den kleineren Kugeln scheint es sich um Gelenke zu handeln – Knie und Ellenbogen. Das Ovale in der Mitte, das könnte der Körper sein. Das Eckige sind die Schultern, und dazwischen sitzt die größte Kugel von allen: ein runder Kopf, schneeweiß wie der Rest. Bis auf die großen schwarzen Kulleraugen.

»Urks«, sagt das Dings.

Sieht aus wie ein kleiner Roboter. Ein Flugroboter. Einstein hätte Spaß gehabt an diesem Gag. Komisch, dass Papa nichts davon erzählt hat. Der kennt sich doch aus in der Roboterszene.

Ich schaue mich um, ob das Ding von jemandem geflogen wird. Wie eine Drohne. Aber ich kann niemand entdecken.

Es klickert leise, als der Roboter seine Beinchen ausschüttelt und sich zu voller Größe entfaltet. Na ja, Größe ist übertrieben. Von Kopf bis Fuß höchstens fünfzig Zentimeter. Aber alles dran von Kopf bis Fuß.

Wieder dieses Zischen – das muss die Antriebsdüse sein, mit der er sich in der Luft hält. Jetzt sehe ich auch den blauen Lichtstrahl. Ich nehme an, er trägt einen Raketentornister auf dem Rücken – wie die Astronauten im All.

Was, bitte schön, geht hier ab? Kann mich jemand zwicken?

Wir schweben in der Luft und starren uns an.

Er – oder sie? – spricht zuerst.

»Hey, hey – langsam, mein Freund!«

Keine Frage, das ist ein Typ. Die Stimme klingt älter, als die Kulleraugen vermuten lassen.

»Erstens«, behauptet er, »ist das Museum noch geschlossen. Zweitens ist es verboten, hier mit einem Skateboard herumzufliegen.«

Muss er gerade sagen!

Der kleine Roboter klimpert mit den Augen. Das haben sie fein hingekriegt. »Und drittens ...«, sagt er, »… darf ich fragen, was du hier machst?«

Für wen hält sich dieses fliegende Sprachprogramm?

Ich bleibe wachsam. »Wollte mich nur ein bisschen umsehen.«

Er kreist um mich herum. »Und was sollte das vorhin?«

»Was meinst du?«

»Na, vor der Tür. Dieses *Iana tappatadana. Shamba labera malaficia.* Und so weiter.«

»Ach so. Diese Sprüche?«

Ich staune, dass er sich den Wortsalat so genau gemerkt hat. Ich habe Monate dafür gebraucht, um mir das auszudenken. Geschweige denn auswendig zu lernen.

»Na ja, ich kann dir das erklären«, sage ich, »aber du wirst mich nicht verpfeifen, oder?«

»Pfeifen?«

Ha! Das kennt er nicht. Vermutlich hat er beim Pfeifen geschwänzt. In der Roboterschule.

Ich überlege, ob ich ihm die Wahrheit sagen soll. Und wenn sich herausstellt, dass er mit den Leuten vom Museum unter einer Decke steckt? Oder so gebaut ist, dass er Lügen sofort durchschaut?

»Ich … ich komme … ich bin Schüler ...«

»Ja?«

»In einer Zauberschule!«

Jetzt ist es raus. Was Besseres fällt mir nicht ein. Wenn er das schluckt, kann er sich demnächst neben Hannah auf die Couch setzen und ich plaudere bei einem Kakao von meinen Fortschritten beim Zauberunterricht.

Er bleibt in der Luft stehen und fasst sich mit seinen schmalen Roboterfingern an die Stelle, wo bei Menschen das Kinn ist. »Hm. Wirklich? Was macht man denn so in einer Zauberschule?«

»Sprüche lernen. *Patefacius osibisa.* Schnickschnack.«

Es kommt mir vor, als wolle er in sich hineinhorchen. Dabei bewegt sich sein Mund. Auch das sieht ziemlich echt aus.

»Und was machst du mit dem Ding da?«

»Meinst du den hier?«

Das Licht brennt noch. Ich lasse den Zauberstab kreisen, bis er plötzlich einen Schweif aus Seifenblasen hinter sich herzieht.

Das gibt's doch nicht!

Im Nu ist die Halle voll davon und die Blasen schweben zu Boden. In der größten Blase, direkt vor meiner Nase, sehe ich das Spiegelbild von mir und dem Mini-Roboter.

Sind wir nicht ein Traumpaar?

Der Kleine scheint da anderer Meinung zu sein. Er fährt einen Finger aus und die Blase zerplatzt. Jetzt bin ich dran.

»Und du? Was machst du hier?«, frage ich ihn.

»Na, was wohl?« Er streckt sich in der Luft. »Ich bin der Chef hier.«

»Der Chef vom Albert-Einstein-Museum?«

»Was denn sonst!«, rattert er. »Mein Name ist Alby X3. Ich bin ein Wissensroboter und weiß alles über diesen genialen Forscher. Und seine Entdeckungen.«

Ein fliegendes Lexikon! Das gefällt mir. Ich sollte Alby in die Schule mitnehmen. Dann kann er mir alles zum Thema Schwerkraft vorsagen und die anderen würden staunen.

Aber erst soll er beweisen, was er draufhat.

»Was ist das dahinten?«, frage ich und zeige auf das runde Metallding.

Die Antwort kommt wie aus der Pistole geschossen. »Das ist ein mechanisches Gerät, das die Umlaufbahnen der Planeten um die Sonne zeigt. Ein Getriebe mit geeigneten Zahnrädern sorgt dafür, dass ...«

»Danke, den Rest kann ich auch selber googeln.«

Er stutzt und legt den Kopf schräg. Dann fragt er unvermittelt: »Dieses Zaubern. Macht es dir Spaß?«

Aha. Er will mich abchecken. Möglicherweise hat er mich durchschaut. Ich muss bei meiner Linie bleiben.

»Na ja – manche dieser Magier sind uralt. Ihr Unterricht geht mir echt auf die Nerven. Ist auf Dauer todlangweilig.«

»Albert Einstein ging es genauso. Der konnte auch nicht still sitzen.«

»Albert Einstein? Als Kind?«

Statt einer Antwort fliegt Alby weiter ins Museum. Ich hinterher, vorbei an Bildern vom großen Genie.

»Ich würde so gerne sein wie er«, sage ich und denke an Herrn Fischer. »Die Welt erforschen. Ihre Geheimnisse entdecken. Und bessere Noten in Physik haben.«

Alby bleibt in der Luft stehen. »Was lernt ihr denn da?«

»Schwerkraft und so.«

»Schwerkraft«, murmelt Alby mit wichtiger Stimme. »Die Geheimnisse von Zeit und Raum.«

Ich weiß zwar nicht, was daran geheimnisvoll sein soll. Aber eines ist klar: Alby ist meine Rettung.

»Kannst du mir das alles hier erklären?« Ich deute auf die Ausstellungskästen um uns herum. »Dieses Geheimnis von Zeit und Raum? Im Museum?«

Sein Mund wird zu einem Strich und er rückt von mir ab. »Heute nicht«, sagt er kühl. »Komm morgen wieder. Um acht ist die feierliche Eröffnung. Um zehn ist Einlass für alle Besucher.« Er deutet auf die Eingangstür. »Und jetzt: Abflug, Kumpel. Ich mach dir die Tür auf.«

Die Tür auf?

Hat *er* mir etwa geholfen, ins Museum zu kommen?

Keine Zeit zum Nachdenken. Ich muss ihn überzeugen, mir hier und jetzt zu helfen.

»Morgen ist superblöd«, sage ich. »Da habe ich Schule.«

»Wie heißt du eigentlich?«, fragt er.

»Luke – ich meine, Limbradur.«

»Du hast *samstags* Schule, Limbradur? Dann bist du wohl besonders ehrgeizig. Oder kommst mit dem Schulstoff nicht hinterher und musst deshalb nacharbeiten.«

Mist, der kennt sich aus.

»So eine Art Sonderkurs«, flunkere ich. »Bewegungen und Eigenschaften von Körpern.«

Er bleibt hart. »Tut mir leid. Du musst ein anderes Mal kommen.« Dann zwinkert er mit dem linken Auge.

Was ist hier los? Spielt der Typ ein Spiel? Das kann ich auch.

»Okay«, sage ich. »Dann eben nicht. Ist ein Klacks, jemanden zu finden, der mehr über Albert Einstein weiß als du.«

»Ha! Den möchte ich sehen!«

Seine Antriebsdüse zischt. Stück für Stück schraubt er sich in die Höhe, bis er waagerecht in der Luft liegt und mir genau in die Augen schaut. »Ich, mein Lieber, bin das neueste Modell auf dem aktuellen Stand von Technik und Wissenschaft.« Er rotiert einmal um sich selbst. »Das allerneueste Modell!«

»Das kann jeder behaupten. Mein Vater zum Beispiel konstruiert Roboter. Der kennt ...«

»Stell mir eine Frage! Eine einzige Frage! Es gibt keine, die ich nicht beantworten kann. Ich bin der allergrößte Albert-Einstein-Experte im Universum!«

Schon schwebt er direkt vor der Einstein-Büste. Keine Ahnung, ob ihn das noch mehr anspornt. Auf jeden Fall dreht er ein paar olympiareife Schrauben und …

»Vorsicht!«

Er hat die Büste gestreift – und Albert droht auf den Boden zu stürzen! Womöglich schiebt man mir das später in die Schuhe. Ohne lange zu überlegen, zücke ich den Zauberstab.

»Pallaba Makana!«, rufe ich und glaube selbst nicht, was ich da sehe. Kurz vor dem Aufschlag – er wäre in tausend Teile zersprungen – stoppt der steinerne Albert

in der Luft. Jetzt sollte ich das tun, was ein Zauberer tun muss. Konzentriert ziehe ich den Stab an mich, und die Büste folgt meiner Bewegung wie ein Hündchen dem Stock.

Dann steht Albert wieder auf seinem Sockel.

Alby ist wie erstarrt und hält erst einmal die Klappe.

»Schwerkraft!«, sage ich und versuche, dabei entspannt zu wirken. Ich möchte ja nicht, dass sich mein fliegendes Lexikon Vorwürfe macht. Und möglicherweise abhaut. Doch Alby hat sich schnell wieder unter Kontrolle.

»Was sonst«, sagt er und klingt wie ein Lehrer. »Aber warum fallen die Dinge herunter, anstatt zu schweben – ich meine, ohne Düsen und Zaubertricks?«

»Sag du's mir. Du bist doch der Experte.«

Er macht ein *Beep*-Geräusch. Aus der Mitte seines Körpers entspringt eine Art Laserstrahl und wird zu einem Fächer aus Licht.

Donnerwetter! Wie im Kino.

»Flieg da rein«, kommandiert er.

»Warum?«

»Wir machen eine Zeitreise. Gemeinsam. Bevor ich dir alles über die Schwerkraft beibringe, solltest du ihn kennenlernen.«

»Von wem sprichst du?«

»Na, Albert Einstein. Du willst doch erfahren, wie er war – als er so alt war wie du. Unsere kleine Reise dauert nicht lange. Vorher erkläre ich dir die Spielregeln. Das ist von höchster Wichtigkeit.«

»Na klar, gerne!«

Was bin ich doch für ein cooler Hund! Ich fliege nachts durchs Albert-Einstein-Museum, habe einen Roboter an meiner Seite und seit wenigen Sekunden ein Ticket für eine Zeitreise.

München, 1891

Vor einiger Zeit habe ich mit Papa einen alten Film im Fernsehen gesehen. Der war schwarz-weiß (früher wurden viele Filme so gedreht) und es ging darum, dass Menschen durch die Zeit rasen. Sie legten den Hebel einer Maschine um und dann ratterten die Jahreszahlen durch wie auf einem Tacho.

Aber das ist Quatsch.

Eine Zeitreise geht viel fixer und zwar ganz ohne Maschine oder Zahlen. Du hast das Gefühl, durch den Raum zu fliegen. Und wenn du angekommen bist, steckst du mittendrin – wie in einem 3D-Film.

Alby und ich sind gerade in einem Klassenzimmer gelandet. Mit dunklen Möbeln, einer altmodischen Landkarte und einem Jesuskreuz an der Wand. Aber in welchem Jahr befinden wir uns? Neben dem Kruzifix hängt ein Kalender. Er ist so weit weg, dass ich die Augen zusammenkneifen muss, um etwas zu erkennen.

13. März 1891. Das ist weit über hundert Jahre her!

Ich höre ein leises Beep und spüre kühles Metall an meiner Seite. Der kleine Roboter und ich liegen auf einem Schrank und ducken uns hinter Stapeln von Büchern. Direkt neben mir liegt eine besonders dicke Schwarte.

Was da wohl drinsteht? Ich kann es nicht lassen, schlage das Buch auf und fange mir einen bösen Blick von Alby ein. Bevor ich den Deckel wieder zuklappe – puh, ist das eine Staubwolke! –, erkenne ich den altertümlichen Stempel auf der ersten Seite.

LUITPOLD-GYMNASIUM MÜNCHEN

München liegt in Bayern, und das ist im Süden von Deutschland.

Die Schulbänke vor meiner Nase sind aus dunklem Holz und kommen mir winzig vor. Es gibt nur Jungen in der Klasse. Mit ihren Frisuren, aber auch mit ihren kurzen Hosen, Jacken und Kniestrümpfen sehen sie sich ziemlich ähnlich. Na klar, 1891 trug man eine Schuluniform.

Wie erkenne ich bloß Albert Einstein? Einen Schnauzbart wird er als Kind ja noch nicht gehabt haben.

Als könne der Roboter meine Gedanken lesen, zeigt er auf einen Jungen in der letzten Bankreihe. Er sitzt da allein genau vor mir. Besser gesagt, unter mir. Ich könnte ihm auf den Kopf spucken. Wenn das Albert ist, dann hatte er als Junge einen ziemlich runden Kopf.

Wie Alby!

Alle starren in ihre Bücher, und was macht er? Er baut ein Kartenhaus. Ich zähle nach: 13 Stockwerke! Respekt!

Mit einem Knarren geht die schwere Tür zum Klassenzimmer auf, und eine Lehrerin kommt herein – wie in einem alten Theaterstück.

O Mann! Ich kann mir das Lachen kaum verkneifen. Mit diesen Klamotten könnte sie auch an einer verstaubten Zauberschule unterrichten. Sie trägt ein enges, giftgrünes Kleid mit Stehkragen und einen Hut in der gleichen Farbe. Aus der Krempe ragt eine Straußenfeder mit einem leuchtend blauen Auge.

Ha-ha-ha…

Ich spüre ein Jucken in meiner Nase. Kein Wunder, bei der Mischung aus Kreidestaub und alten Büchern.

Alby wirft mir einen scharfen Blick zu (offenbar können Roboter nicht niesen). Immer wieder hat er mir die Regeln für Zeitreisende eingebläut.

Zeitreise-Regel Nummer 1: Auf keinen Fall auffallen!

…tschi!!!

Zum Glück niese ich nur ganz leise. Aber Albert muss trotzdem etwas gehört haben. Er dreht sich abrupt um und wirkt verwundert. Doch hinter ihm ist nur der Schrank an der Wand zu sehen.

Zu gern würde ich wissen, was das Superhirn jetzt denkt. Doch Einstein Junior wendet sich erneut seinen Spielkarten zu. Will er etwa noch ein Stockwerk draufsetzen? In diesem Moment nimmt ihn die Lehrerin ins Visier.

»Ich sehe, Albert, dein Kartenhaus macht Fortschritte«, sagt sie schnippisch. »Ich bin gespannt, ob du dir mit dem Gedicht auch so viel Mühe gegeben hast. Schließlich sind wir im Deutschunterricht und nicht in einem Spielcasino.«

Sie dreht sich um und schreibt zwei Worte an die Tafel:

DER ERLKÖNIG

Das gibt's doch nicht! Mussten die sich damals auch schon damit abquälen? Ein paar Schüler stöhnen. Die

Lehrerin bittet um Ruhe und räuspert sich. Dann legt sie los.

»Wer reitet so spät durch Nacht und Wind?

Es ist der Vater mit seinem ...

Nun, Albert, wie geht der Vers weiter?«

Das ist doch wirklich nicht schwer, wenn man so viel Grips hat.

Sekunden vergehen. Wird er irgendwann etwas sagen? Ich werde schon vom Zuschauen kribbelig.

Aber der Junge in der letzten Reihe lässt sich nicht aus der Ruhe bringen. Noch ein Kärtchen an der passenden Stelle platziert, dann das nächste – vorsichtig und mit Fingerspitzengefühl.

Plötzlich blickt er auf und antwortet leise: »Das – würde ich auch gerne wissen.« Er schluckt und wiederholt den Satz nochmal deutlich lauter. »Das – würde ich auch gerne wissen.«

Hat er nicht alle Tassen im Schrank? Das soll der große Albert Einstein sein? Ich werfe Alby einen Blick zu. Über meinem Kopf muss ein Fragezeichen aufleuchten. Sofort schickt der Wissensroboter – keine Ahnung, wie er das macht – eine Information in meinen Kopf, die ich vor meinen Augen lesen kann wie eine SMS.

»Albert Einstein«, textet er, »konnte erst mit drei Jahren sprechen. Wenn er in der Schule etwas sagen wollte, hat er den Satz erst einmal leise zur Probe gesprochen. Und dann ins Reine. Diese Angewohnheit legte er erst als Jugendlicher ab.«

Eine Macke also. Scheint ein normaler Junge zu sein. Ich werfe einen Blick zum Pult. Die Lehrerin ist von Alberts Antwort nicht begeistert. Sie schüttelt den Kopf und die Pfauenfeder wippt mit.

Was für ein Glück, dass ich in der Gegenwart lebe. Vor über hundert Jahren muss das Verhältnis zwischen Lehrern und Schülern noch ziemlich steif gewesen sein. Andererseits: Was der Bursche eben von sich gegeben hat, würde auch bei unseren Paukern sicherlich noch als frech gelten.

Es kann mir doch keiner erzählen, dass der schlaue Albert nicht weiß, dass sich *Kind* auf *Wind* reimt. Dafür gibt es nur eine Erklärung: Der Junge aus der letzten Reihe ist auf Streit aus. Und der kann jeden Moment ausbrechen, wenn ich mir die Pfauenfeder so anschaue.

Am liebsten würde ich ihm zurufen: »Mensch, Albert! Es ist der *Vater* mit seinem *Kind!* Und jetzt mach dich mal locker!«

Zu spät.

»Mir reicht's, Albert«, ruft die Lehrerin. »Bis zur nächsten Stunde schreibst du das Gedicht fünfmal ab.«

Einstein Junior reagiert nicht einmal.

Jetzt kriegt sie richtig schlechte Laune. Sie stolziert auf ihn zu und stemmt die Arme in die Seiten. »Wie oft habe ich dir schon gesagt: In meinem Unterricht wird nicht gespielt! Weder mit einer Laubsäge noch mit Karten!«

Dann hebt sie die Hand und holt aus.

Sie wird ihm eine knallen. Oder das Kartenhaus schrotten.

»Das lassen Sie schön bleiben, Fräulein Schultze«, sagt Albert gefährlich leise. Er wird weiß um die Nasenspitze. Dann kommt die Wiederholung. »Das lassen Sie schön bleiben!« Er stemmt sich aus dem Sitz und schiebt sich zwischen Bank und Lehrerin.

»Eine Frechheit sondergleichen«, ruft sie. Ihre Stimme zittert vor Empörung. »Wie kannst du es wagen, dich einem Lehrkörper in den Weg zu stellen! Weißt du, was Disziplin und Ordnung bedeuten, du ungezogener Knabe? Die gibt es für dich nur in deiner Zahlenwelt. Aber hier ist das echte Leben ...«

Weiter kommt sie nicht. Vor ihrer Nase tobt Albert herum wie das Rumpelstilzchen. »Finger weg! Finger weg!«

Das macht Fräulein Schultze noch wütender. Patsch! Mit einer Bewegung wischt sie das schöne Kartenhaus auf den Boden. Gebannt schaut die Klasse zu, wie das Duell wohl ausgehen wird. Ein paar grinsen und zwei Kurzgeschorene in der ersten Reihe schließen sogar eine Wette ab.

Ich habe längst vergessen, dass ich auf einer Zeitreise bin. Und welche Regeln dort gelten. Ich sehe nur, dass Albert gerade in echte Schwierigkeiten gerät.

Fräulein Schultze greift sich ein Lineal. Der Junge sucht Schutz hinter einem Stuhl. Viel zu langsam – das Lineal wird ihn am Kopf treffen ...

Und wer erfindet dann die Zeitreisen und so, wenn Albert das womöglich nicht mehr kann?

Mit einem Satz springe ich vom Schrank und dann …

… gibt es einen Knall. Und einen Lichtblitz. Im nächsten Moment wird es schwarz um mich. Ich höre Albys Stimme donnern wie durch die Lautsprecher auf einer Rockbühne.

Zeitreise-Regel Nummer 2: Niemals eingreifen – auch wenn es noch so schwerfällt!

Na, das habe ich ja super hingekriegt.

Schwerkraft

Albys Stimme klingt wütend. »Das kann mich meinen Job kosten!«

Wir sind zurück im Museum. Wie eine Hummel schwirrt der kleine Roboter um mich herum. Ich sitze auf den Fliesen zwischen den hohen Säulen und frage mich, welchen Job er wohl meint: den als Museumsdirektor und oder den als Reisebegleiter für Zeitreisen? Ich will ihn aber nicht noch wütender machen und schlucke die Frage hinunter.

»Tut mir leid, Alby«, murmele ich. »Das sah alles so verdammt echt aus …«

»War es ja auch!«, meckert er und fliegt noch eine Schleife.

Das war's wohl mit den Zeitreisen. Immerhin durfte ich ein anderes Jahrhundert besuchen. Ein paar Minuten lang. Mit eigenen Augen habe ich gesehen, dass der schlaue Albert Einstein Probleme in der Schule hatte. Wie unsereiner. Ich frage mich, wie er später die Kurve gekriegt hat. Was war sein Geheimnis?

Das fliegende Lexikon hat sich immer noch nicht abgeregt.

»Bei Zeitreisen ist es strengstens verboten, sich einzumischen!« Alby bleibt in der Luft stehen, verengt die

Roboteraugen zu schmalen Schlitzen und wedelt mit seinen Maschinenhändchen.

»Wenn man in der Vergangenheit herumpfuscht, hat das Auswirkungen auf die Gegenwart.« Er klingt fast so altklug wie Fräulein Schultze. »Stell dir vor, man hätte Albert aus dem Gymnasium geworfen. Und er wäre in eine andere Stadt gezogen. Oder in ein anderes Land.«

»Ist er das nicht sowieso?«

Das stand in meinem Buch. Die ersten Seiten habe ich nämlich tatsächlich gelesen.

Alby fliegt einen Halbkreis um die Büste. Mit Sicherheitsabstand. »Stimmt. Seine Eltern hatten in Italien eine Firma gegründet und lebten längst dort. Er sollte nachkommen, aber vorher in München die Schule beenden.«

Jetzt weiß ich, wie man ihn beschwichtigen kann.

Man muss ihm Wissensfragen stellen. Dann beruhigt er sich wieder. Was Albert angeht, wird mir einiges klarer. Der war einsam wie ein Einsiedlerkrebs.

Wurde er deshalb so merkwürdig?

Ich stelle mich auf mein Brett und hoffe, dass ich nach dieser Panne noch fliegen darf.

Und ob. Das Skateboard beginnt zu schweben. Ich verlagere das Gewicht nach vorn und steuere den nächstbesten Übergang an. Dahinter muss die Ausstellungshalle liegen. Alby kann ja nachkommen, wenn er sich abgeregt hat.

»Wenigstens sind wir zurückgekommen«, sage ich mehr zu mir selbst, »ohne dass jemand etwas gemerkt hat.«

»Denkst du!« Alby überholt mich. »Der Abbruch einer Zeitreise ist wie ein Computerabsturz. Es kann passieren, dass man in der Vergangenheit stecken bleibt. Oder, dass Dinge aus der Vergangenheit sich plötzlich in der Gegenwart befinden.«

Ich werfe ihm einen Seitenblick zu und muss grinsen. Direkt über seinem Kopf schwebt die Pfauenfeder der Lehrerin. Unsere blitzschnelle Abreise muss einen wahren Wirbelsturm im Klassenzimmer ausgelöst haben.

»Darf ich die haben?«, frage ich.

Jetzt hat Alby die Feder auch bemerkt und beobachtet, wie sie langsam zu Boden schwebt und unter einer Vitrine liegen bleibt.

»Auf keinen Fall«, sagt der kleine Roboter. »Die ist aus der Vergangenheit. Und damit tabu.« Da ist er wieder, sein scharfer Blick. »Was willst du denn damit?«

Hm. Garantiert würde sich Ole wundern, wenn ich eine Pfauenfeder aus dem Albert-Einstein-Museum mitbringe. Als Beweis für meine Mutprobe taugt die Feder allerdings kaum. Aber jemand anderer könnte sein Zimmer damit schmücken ...

»Ich würde sie Hannah schenken«, sage ich.

»Aha. Und wer ist das?«

»Meine Schwester. Sie ist fünf Jahre jünger als ich und freut sich immer über kleine Geschenke.«

»*Freut* sich?«

Das fliegende Lexikon stockt. Als müsse es auf seiner Festplatte nachschauen, was das Wort *freuen* bedeutet.

Kein Wunder, Alby ist ein Roboter und besteht aus Schrauben und Transistoren. Woher soll er von Gefühlen wissen wie Freude und Trauer, Wut und Begeisterung? Der Kleine tut mir fast leid. Aber ich bin nicht nachts ins Albert-Einstein-Museum gekommen, um mit einem Roboter über Gefühle zu quatschen.

Ich habe etwas zu erledigen.

Vorbei an einer astronomischen Uhr mit Sonne, Mond und Planeten schweben wir in die Ausstellungshalle. Sie sieht ein bisschen aus wie das Innere einer Höhle und schimmert in geheimnisvollem Blau.

Wow! Hier gibt es verschiedene Ebenen mit Treppen und Brücken. Überall sind Video-Screens wie bei einem

Popkonzert. Auf einer kreist eine Galaxie, auf einer anderen schreibt eine unsichtbare Hand immer wieder Albert Einsteins berühmte Gleichung.

$$E = mc^2$$

Hoffentlich kann mir Alby die Formel noch erklären. Heute Nacht scheint ja alles möglich. Wenn ich mich an die Regeln halte. Ich nehme mir fest vor, mich ab jetzt besser zu benehmen.

Alby und ich – er mit Antriebsdüse, ich mit Skateboard – steuern ein Leuchtbild an, das an Drahtseilen von der Decke hängt. Es zeigt einen ernsthaft blickenden Mann mit einer Perücke, wie man sie früher getragen hat.

Ein König? Der muss eine Menge zu sagen gehabt haben, wenn sein Bild mehr Platz einnimmt als die Büste von Albert Einstein.

Alby gleitet nach unten, hockt sich auf das Geländer vor dem Bild und schlägt ein Beinchen über das andere. Seine dreieckigen Füße sind so klein, dass jeder von ihnen in meine Hand passen würde. Jetzt stützt er den großen Kopf auf seine Hände. Es sieht putzig aus, wenn er sich bewegt wie ein Mensch. Als würde ihm irgendetwas im Kopf herumgeistern. Oder seine Software durcheinanderbringen.

Jetzt weiß ich's: Sein Arbeitsspeicher ist voll.

»Diese Hannah ist also deine Schwester?«, fragt er leise.

»Ja. Und du? Ist X3 eine Seriennummer? Hast du keine Verwandten?«

Alby wirkt etwas verwirrt. Schließlich antwortet er so leise, dass ich ihn kaum verstehen kann. »Ich glaube nicht.«

Ich springe vom Brett, das neben mir auf die Fliesen trudelt.

»*Keine* Eltern? Wer hat dich denn gemacht, äh, gebaut?«

»Schlaue Maschinen. Mithilfe von Computerprogrammen.«

Und wer hat die geschrieben? Meine Neugier ist geweckt. Papa wird das auch interessieren. Wofür gibt er sich überhaupt Mühe, Roboter zu konstruieren, wenn es sie da draußen schon gibt? Ich vermute, dass Alby kein Einzelstück ist.

»Wo kommst du denn her?«, frage ich. »Aus einer Roboterwerkstatt? Von einem anderen Planeten? Oder von einer Raumstation?«

»Später«, sagt er und winkt ab. »Deine Schwester – hast du dir jemals Sorgen um sie gemacht?«

»Na klar! Jede Menge. Sie ist sechs, trägt ständig eine Mütze und macht viel Mist. Manchmal versucht sie, Kekse zu backen. Oder Muffins. Ich sag dir, eines Tages explodiert noch der …«

Beep!

Alby unterbricht mich und zeigt auf den Mann mit der Perücke. »Seine Mutter«, sagt er versonnen, »war auch *besorgt*. Als er ein junger Mann war. Das war vor ungefähr 350 Jahren. Diese Info habe ich hier drin.« Er zeigt auf seinen runden Kopf. »Ich würde gern wissen, wie das ist.«

»Was?«

»Wenn man sich *Sorgen* macht.«

Bingo! Ich habe es geahnt. Roboter kennen keine Gefühle.

»Seine Mutter – hat sie denn so richtig Angst um ihn gehabt?«, frage ich. »Dass er nicht wiederkommt oder so?«

»Sie hat geglaubt, er würde sich anstecken, wenn er in der Stadt bleibt. An der Pest.« Alby reckt den kleinen weißen Finger und zeigt auf eine Schautafel mit verblichenen Bildern. Auf denen sieht man Kranke, die aus windschiefen Häusern getragen werden. Von Helfern mit Schutzmasken. »Die Pest war eine gefährliche Krankheit für Menschen.«

»Ich weiß«, sage ich. »Sie wurde von Ratten übertragen. Aber jetzt ist sie ausgestorben – zumindest hier bei uns.«

Alby schraubt sich hoch und schwebt dem Perückenmann vor der Nase herum. »Das ist Isaac Newton, ein berühmter englischer Forscher. Lange, lange Zeit vor Albert Einstein hatte er eine geniale Idee. Er erfand eine Formel für die Schwerkraft.«

Schwerkraft? Hallo? Ich höre genau zu.

»Soll ich dir erzählen, wie er darauf kam?«, fragt Alby.

»Schieß los.«

»Es geschah 1665 in England. Die Pest wütete in der kleinen Stadt Cambridge. Isaac Newton war dort Student an der Universität. Seine Mutter schickte ihn aufs Land. Zu seiner Großmutter.«

»Damit er sich nicht ansteckt.«

»Genau. Es war eine heiße Sommernacht und stickig im Haus. Isaac konnte nicht schlafen und ging nach draußen. Über ihm leuchteten die Sterne. Um ihn herum standen die Apfelbäume der Großmutter.«

»Mach's nicht so spannend, Alby!«

»Er setzte sich unter einen Baum und – jetzt musst du raten, was weiter passierte!«

Der Roboter hockt sich mit ausgestreckten Beinen auf den Boden. Will er die Szene nachspielen? Dazu fehlt ihm nur noch die Perücke.

Ich denke kurz nach. Baum? Apfel?

Alles klar!

Ich schwinge meinen Zauberstab und – plumps! Ein grüner Apfel fällt Alby auf den Kopf. Er prallt ab und rollt in eine dunkle Ecke des Museums. Alby bleibt ganz gelassen und ruhig.

»Plötzlich stellte sich Isaac eine simple, aber entscheidende Frage. Warum fällt der Apfel nach unten? Warum fliegt er nicht etwa seitwärts auf das Haus zu? Oder nach oben in den Himmel?«

Der kleine Roboter erinnert mich jetzt an Herrn Fischer. Aber dieses Mal fällt mir die Antwort leichter als in Physik.

»Na, wegen der Schwerkraft!«

»Ganz genau«, lobt Alby. »Die sorgt dafür, dass Dinge nach unten fallen und nicht etwa in den Himmel fliegen. Wissenschaftler nennen das auch *Gravitation*.«

Yes!

Ich hab's gewusst. Bei einem Wissensroboter kann ich etwas lernen. Also frage ich weiter. »Und wie ist das auf dem Mond?«

»Interessante Überlegung«, sagt Alby und fliegt eine Ellipse um mich herum. »Der Mond hat seine eigene Schwerkraft. Die ist allerdings geringer als die der Erde.«

»Wenn man also über dem Mond einen Basketball abwirft, dann fällt er auch dort auf den Boden, beziehungsweise in den Korb, richtig?«

»Einen … Basketball?« Alby versteht offenbar nicht, was ich meine.

»Na, so einen!«

Ich zücke meinen Zauberstab, und schon schwebt ein solcher Basketball in der Luft. Direkt über Albys Kopf. Ich denke kurz daran, wie witzig das wäre …

Bang!

Und schon ist es passiert. Der Ball knallt ihm auf den Kopf, springt ab und verschwindet im Dunkeln.

»Ganz schön fies, diese Schwerkraft«, sage ich zu Alby, als er sich an den Kopf greift und ziemlich genervt dreinblickt. »Eine Frage hätte ich allerdings noch: Warum fällt der Mond nicht auf die Erde?«

Böser Verdacht

»**Sehr witzig**«, sagt Alby und klingt, als habe ich ihn aus dem Konzept gebracht. Der Düse an seinem Rücken entweicht ein blauer Strahl und er fliegt eine Runde um den Perückenmann. »Der Mond fällt nicht auf die Erde, weil er selbst ganz schön viel Tempo draufhat – mehr als 3600 Kilometer pro Stunde. Das ist ungefähr so fix wie das schnellste Flugzeug der Welt.« Er stoppt in der Luft. »Die Schwerkraft zieht den Mond zwar in Richtung Erdmittelpunkt, aber gleichzeitig fliegt er seitlich etwas weiter.« Alby fliegt einen Zickzackkurs und steuert einen Ausgang an. »Dieses Zusammenspiel wiederholt sich wieder und wieder – der Mond fliegt seitlich weg und wird immer wieder von der Erde angezogen. So ergibt sich eine Bahn, die den Mond genau um die Erde herumführt, eben eine Umlaufbahn. Alles klar, mein Freund?«

Ich bemühe mich, hinter ihm herzukommen. Wir verlassen die Ausstellungshalle und folgen einer der Lichtleisten, die im Museum überall zu finden sind. Sie führt uns durch einen Tunnel. An den Wänden blinken Sternbilder und ich sehe den großen Wagen. Die nächste Halle ist rund und höher als die anderen.

»Wow!«

Auf einem Gerüst steht ein Raumschiff. Ich erkenne vier schlanke Landebeine. Am Rumpf glänzt goldfarbenes Metall. Es sieht majestätisch aus.

»Habe ich zu viel versprochen?«, fragt Alby. »Auf diesen Adler sind die Menschen mächtig stolz.«

»Adler? Ich finde, das Ding sieht eher aus wie eine Spinne.«

Alby übergeht meine Bemerkung. »Vor dir steht eine Nachbildung der Mondlandefähre *Eagle*. Das ist das englische Wort für *Adler*. Damit sind die amerikanischen Astronauten auf dem Mond gelandet. Das war …«

»1969«, murmele ich beeindruckt. »Mein Opa hat mir davon erzählt. Er hat die Landung auf einem kleinen Fernseher gesehen. Schwarz-weiß und mitten in der Nacht.«

»Wir haben das auch mitverfolgt«, sagt Alby.

»Wer ist *wir?*«

Keine Antwort. Alby deutet auf einen weiteren Monitor. Da läuft der Film von der Mondlandung. Witzig, wie sich die Astronauten in ihren Raumanzügen von der Mondoberfläche abstoßen, in die Höhe schweben und wie in Zeitlupe wieder auf dem Boden landen. Und das Beste ist – ich weiß jetzt, warum.

»Die hüpfen so komisch, weil die Schwerkraft auf dem Mond viel geringer ist, oder?«

»Genau, mein Freund! Sie beträgt nur ein Sechstel der Gravitation auf der Erde. Na ja. Mit Isaac Newtons Formel kann man das ausrechnen. Sie lautet …«

Bitte jetzt keine Formel!

Ich unterbreche Alby. »Habt ihr Wissensroboter mehr auf dem Kasten als die schlauesten Menschen? Ich meine, gibt es bei euch auch Genies wie Isaac Newton oder Albert Einstein?«

Alby schüttelt den Kopf. »Wir sind alle auf dem gleichen Level«, sagt er geheimnisvoll.

So langsam würde ich gerne erfahren, wo das fliegende Lexikon herkommt. Wenn ich ihm glauben darf, gibt es mehr von seiner Sorte. Haben die sich hier versteckt? Nicht auszudenken, wenn sie mich entführen sollten, um mich auf ihrem Planeten auszustellen – im Lukas-Jacobsen-Museum!

Auf der Hallendecke thront eine Kuppel wie bei einem Kirchturm. Die ist aus Glas und darunter hängt eine schmale Brücke. Ich schwebe hinauf. Dann hocke ich mich auf den Steg, lege meine Arme auf das Geländer und lasse die Beine baumeln. Unter mir befindet sich die *Eagle*. Verrückt, dass ich ohne Angst in die Tiefe schauen kann. Meine Höhenangst ist wie weggeblasen.

Alby zwinkert mir zu. »Was ist los, Limbradur?«, fragt er. »Du machst doch nicht schlapp, oder?«

Das nicht. Aber ich würde gerne wissen, wie spät es ist. Außer der astronomischen Uhr mit ihren Bildern kann ich keine weitere entdecken.

»Wie spät ist es, Alby?«

»Genau ein Uhr nachts.« Er schiebt seine gefalteten Händchen unter seinen Kopf. »Nach eurer Zeit. Na klar, um diese Zeit liegen Jungs wie du normalerweise im Bett.«

Oder in der Hängematte.

Aber jetzt bin ich froh, dass ich mich nicht auf meinem Dachboden befinde. Der Ausblick von hier oben ist unschlagbar.

Alby hockt sich neben mich und kratzt sich an seinem kugelrunden Kopf. »Darf ich dir eine Frage stellen?«

»Na klar.«

»Warum düst du um diese Zeit hier herum, statt zu schlafen?«

Ich überlege einen Moment, ob ich ihm die Wahrheit sagen soll, und entscheide mich dann dafür.

»Ach, das ist so eine Art Mutprobe.«

Ich erzähle ihm die verrückte Geschichte. Dass ich Ole imponieren möchte und der mir eine Aufgabe gestellt hat, um mich auszutesten.

Alby hört aufmerksam zu und stellt Fragen. »Wie genau hattest du denn vor, ins Museum hineinzukommen?«

»Oles Vater hat die Einrichtung geplant. Die Kästen, die Lichtleisten und was weiß ich. Ole meinte, hier wäre heute Nacht viel los – so kurz vor der Eröffnung. Lampen installieren, Farbe auf die Wände und so.«

»Quatsch«, sagt Alby. »Als Chef wüsste ich das ja wohl. Nein, das Museum ist bereits seit einigen Tagen fertig und wartet auf seine Besucher.« Er zeigt auf mich. »Der erste sitzt schon neben mir.«

Ein böser Verdacht beschleicht mich. »Wenn das stimmt, was du gesagt hast, Alby«, sage ich, »dann hat Ole mich ganz schön verladen.«

»Kann sein.« Nachdenklich schüttelt er den Kopf und macht ein paar komische Geräusche. »Keine Ahnung, was das für ein Typ ist. Versuch dich mal zu erinnern, was heute Nacht alles passiert ist.«

»Zuerst bin ich mit dem Skateboard zum Museumshafen. Dort habe ich Ole und Emre getroffen. Von da aus ging es auf den Domplatz. Da habe ich mich vor einem Polizeiauto versteckt. Anschließend tauchte jemand mit einer Taschenlampe auf und ich bin zum Museumseingang gerannt ...«

Moment!

Als sich die Eingangstür öffnete, hatte ich das Gefühl, beobachtet zu werden. Ole und Emre! Kann sein, dass die beiden immer noch draußen stehen!

Mir kommt eine Idee.

»Alby – könntest du mir einen Gefallen tun?«

Ich muss nicht lange warten. Der Mini-Roboter ist ruckzuck zurück. Er schlüpft durch ein Kippfenster, durch das er vor zehn Minuten das Museum verlassen hat. Eine elegante Drehung und eine Schraube, dann hockt er sich neben mich auf die Brücke.

»Du hast recht gehabt«, sagt er. »Auf dem Platz waren zwei Typen in deinem Alter. Sind das deine … Freunde?«

»Keine Ahnung«, antworte ich. »Hast du sie belauschen können? Worüber haben sie gesprochen?«

Alby macht ein paar technische Geräusche und fährt einen kleinen Monitor aus seiner Körpermitte aus.

Was wird das denn?

»Ich habe alles aufgenommen«, sagt er. »Mit meiner Kamera!

Schon beim Zurückspulen erkenne ich sie: Ole und Emre. Sie hocken auf einer Bank, die Köpfe in ihre Hände gestützt. Zwischendurch muss es geregnet haben. Das nasse Kopfsteinpflaster glänzt im Schein der Laternen. Wie gebannt starren die beiden auf den Eingang zum Museum.

Der Sound des Players ist nicht so brillant. Na, kann ja nicht alles der Mega-Sound sein. Ich beuge mich vor und höre genau hin.

»Das gibt's doch nicht!«, höre ich Ole sagen.

»Wie ist Luke da nur reingekommen?«, fragt Emre. »Er hatte einen Zauberstab mit. Kann es sein, dass er …? Du weißt schon.«

»Du spinnst«, bügelt ihn Ole ab. Er steht auf, zieht die Kapuze enger und schnappt sich sein Mountainbike. »Ich fahre nach Hause. Wenn er tatsächlich da drin ist, dann wird ihm schon nichts passieren.«

»Also los«, sagt Emre und folgt ihm.

Nach wenigen Sekunden ist der Domplatz menschenleer.

Alby schaut mich an. »Und?«

»Ich glaube, das sind doch nicht meine Freunde«, sage ich.

Die Zeit

»**Wie spät** ist denn jetzt?«, frage ich. Die letzten Minuten sind mir auf den Magen geschlagen. Bisher ist meine Mutprobe zwar bestens gelaufen. Aber seitdem ich Albys geheime Aufnahmen gesehen habe, bin ich unruhig geworden. Wollten mich Ole und Emre auf den Arm nehmen? Zuschauen und sich ins Fäustchen lachen, wie ich an der verschlossenen Museumstür scheitere? Mir ist ganz komisch zumute. Aber ich weiß nicht, wie ich das Alby erklären soll.

Liegt es an meinem Blick? Der kleine Roboter hat wieder einmal mitbekommen, dass ich über irgendetwas nachdenke.

»Nicht ungeduldig werden«, sagt er.

Wir sitzen immer noch nebeneinander auf der Brücke und lassen die Beine baumeln.

»Genieß deine Zeit im Museum. Die Jungs aus deiner Klasse werden es kaum glauben, wenn du davon erzählst.«

Das ist ja das Blöde!

»Übrigens – weißt du eigentlich, was Zeit ist?«

Was für eine bescheuerte Frage! Trotzdem muss ich einen Moment überlegen. »Zeit ist das, was man von der Uhr abliest – was sonst?«

Alby macht einen Hüpfer und rückt dicht an meine Seite. »Leihst du mir mal deinen Zauberstab?«

»Klar!«

Was soll er schon groß damit anstellen? Ich habe sowieso keinen blassen Schimmer, warum das Plastikteil aus dem Kaufhaus plötzlich Funken sprüht. Aber es sind wohl weniger meine magischen Fähigkeiten. Ich denke, alles, was mir an dieser Nacht irgendwie magisch vorkommt, habe ich Alby zu verdanken.

Whoosh!

Er stößt sich von der Brücke ab, fliegt einen Kreis und deutet mit dem Stab in alle möglichen Richtungen. Wohin er auch zeigt: Die Gegenstände verschwinden im Dunkeln, als würden sie unsichtbar – die Lichter, die Schautafeln und selbst die Raumfähre.

Als er wieder neben mir steht, habe ich das Gefühl, als befänden wir uns mitten im All. Wie Astronauten. Ich kann nicht einmal mehr die Brücke unter meinen Füßen erkennen. Aber Angst habe ich auch nicht.

Dann höre ich etwas ticken. Vor meinen Augen tauchen Uhren auf, die aussehen wie die im Bahnhof. Vier, acht, zwölf – immer mehr, bis ich sie nicht mehr zählen kann. Sie haben weiße Zifferblätter und dicke schwarze Zeiger. Wie auf ein geheimes Kommando bleiben sie stehen. Es sind unendlich viele. Alle zeigen die gleiche Zeit an.

»Viertel nach eins?«, stammele ich.

»Hast du jemals so viele Uhren gesehen?«, fragt Alby leise.

»Noch nie so viele auf einmal«, antworte ich. »Nur in unserer Sparkasse. Da hängen mehrere nebeneinander. Mit Ortsangaben. New York – Hamburg – Tokio, oder so. Die zeigen zwar nicht die gleiche Zeit an, aber sie ticken im selben Rhythmus.«

»Tick-tack, Tick-tack«, sagt Alby. »Eine Sekunde ist immer eine Sekunde – in Tokio, New York oder Berlin.

So dachte man früher. Doch Albert Einstein fand heraus, dass Zeit nicht überall gleich ist.«

Alby zeigt mit beiden Händen auf seinen Kopf – an die Stellen, wo bei Menschen die Ohren sind.

»Hörst du was?«

Na klar. Ich lerne schließlich Schlagzeug spielen. Mein Lehrer sagt, ich habe ein Gefühl für Rhythmus. Deshalb fällt mir auf, dass die Uhren plötzlich nicht mehr im selben Takt ticken. Noch hört man es kaum, aber sie laufen mehr und mehr auseinander. Einige Zifferblätter zeigen schon eine andere Zeit an.

»Es gibt nicht nur eine Zeit«, sagt Alby. »Es gibt viele Zeiten. Man könnte auch sagen, Zeit ist relativ. Und genau das hat Albert Einstein herausgefunden.«

»Glaube ich sofort. In der Schule zum Beispiel vergeht die Zeit unendlich langsam. Mein Freund Kuller hat mich mal gefragt, ob ich wüsste, was Unendlichkeit ist.«

»Dein Freund?«, fragt Alby. »Und was ist Unendlichkeit?«

»Na, die Zeit bis zur nächsten Pause.«

Unglaublich! Alby kann lachen.

Sternennamen

Die seltsamen Uhren sind verschwunden. Und die Gegenstände wieder an ihrem Platz. Durch das Glasdach leuchten die Sterne. Ich erkenne Sirius, das hellste Gestirn am Nachthimmel. Und die Milchstraße. Sie kommt mir vor wie ein langes Sternenband.

»Im letzten Sommer waren wir im Urlaub«, verrate ich Alby. »Im Süden. Einmal haben wir eine Nachtwanderung gemacht. Da schienen die Sterne zum Greifen nahe.«

Der kleine Roboter schaut mich an und die Lichtpunkte spiegeln sich in seinen Kulleraugen. »Scheint so, als ob ihr auf einem Berg und weit entfernt von einer Stadt wart. Die Helligkeit der Großstadt schwächt das Sternenlicht nämlich ab.«

»Wir waren in den Alpen«, sage ich. »Und bei der Gelegenheit hat Papa mir am Nachthimmel einen Satelliten gezeigt.«

»Hat der geblinkt?«

Ich muss kurz überlegen. »Ich glaube nicht. War auch mit mehr Tempo unterwegs als ein Flugzeug.«

»Dann kann es nur ein Satellit gewesen sein. Man sieht sie nur für wenige Minuten, und zwar lediglich diejenigen, die in geringem Abstand um die Erde kreisen. Die meisten sind zu weit weg, als dass man sie mit bloßem Auge erkennen könnte.»

Ich kneife die Augen zusammen und suche den Sternenhimmel ab. »Ich wollte früher Astronaut werden. Und als erster Mensch auf dem Mars landen.«

»Dem roten Planeten?« Alby macht sich startklar und steigt in die Luft wie eine Libelle mit Schutzhelm. »Dann musst du unbedingt die letzte Halle kennenlernen.«

Egal wie spät es ist – meine Neugier ist wieder geweckt. Eine Lichtschiene führt uns zu einem Durchgang mit bunten Sternenbildern. Ich überhole Alby und er ruft mir hinterher: »Wieso willst du denn heute kein Astronaut mehr werden?«

Ja, wieso eigentlich?

Ich bremse, bis wir uns auf gleicher Höhe befinden. »Na ja, ich hatte so eine Astronauten-Phase, als ich acht Jahre alt war.«

Keine Ahnung, warum ich ihm das alles erzähle.

»Damals ist meine Mutter gestorben.«

Der kleine Roboter bleibt in der Luft stehen. Fast stoßen wir ein zweites Mal zusammen.

»Deine – Mutter?« Er senkt den Kopf.

»Früher habe ich gedacht«, sage ich, »sie kommt in den Himmel.«

Alby schweigt.

»Meinst du, ich könnte damit recht haben?«, frage ich ihn.

»Das kann ich dir nicht sagen, Limbradur.«

Plötzlich hat er es eilig und ich komme kaum hinterher mit meinem Skateboard.

In der Mitte der letzten Halle steht ein riesiges Fernrohr. Es reicht fast bis zur kuppelförmigen Decke. Ringsherum sind Sitzreihen wie in einem Kino angeordnet.

»Das ist das Observatorium des Albert-Einstein-Museums«, sagt Alby. »Mit diesem Teleskop können wir den Mars, die anderen Planeten und den ganzen Sternenhimmel beobachten. In sagenhafter Vergrößerung.« Er fliegt dicht an meiner Seite. »Weißt du, dass man Himmelskörpern Namen geben kann?«

»Echt? Haben die nicht längst schon alle Namen?«

»Es gibt Milliarden und Abermilliarden Sterne. Und es stimmt, viele von denen haben wissenschaftliche Namen.«

»Wie Alby X3?«

Wir landen auf dem Geländer und setzen uns drauf. Das Teleskop hinter uns strahlt Ruhe aus.

»Viele Sternennamen bestehen nur aus Zahlen«, sagt der kleine Roboter. »Es wäre viel netter, wenn sie schöne Namen hätten. Zum Beispiel Vornamen. Wie Hannah. Oder Caro.«

Woher kennt er auf einmal den Vornamen meiner Mutter?

Alby springt auf das Geländer und balanciert ein paar Schritte. Dann beugt er sich zu mir hinunter und flüstert mir etwas ins Ohr.

Sssst!

Aus dem Eingangsbereich zum Observatorium ist ein komisches Geräusch zu hören. Als wäre da noch ein zweiter Wissensroboter unterwegs. Der Lautstärke nach zu urteilen ein größerer Alby. Der legt den Kopf schräg und wirkt etwas abgelenkt.

»Was ist los, Superhirn?«, frage ich.

»Nichts.« Er neigt mir den Kopf zu. »Solltest du doch Astronaut werden wollen, wärst du übrigens mit enorm hoher Geschwindigkeit unterwegs«, sagt er. »Das hat Vorteile.«

»Wieso?«

»Im Vergleich zu den Menschen auf der Erde alterst du langsamer.«

»Aha?« Ich finde, das klingt vielversprechend. »Was heißt das genau?«

»Kommt auf deine Reisegeschwindigkeit an. Nehmen wir an, du fliegst mit etwa 96% der Lichtgeschwindigkeit. Lichtgeschwindigkeit, das sind fast 300.000 Kilometer pro Sekunde.«

Ich muss überlegen. »So rasend schnell? Das kann sich ja nicht einmal ein Formel-1-Fahrer vorstellen. Und ich schon gar nicht.«

»Gehen wir mal davon aus, du hättest einen Zwillingsbruder. Wie alt bist du, Limbradur?«

»Ich werde bald zwölf.«

»Also elf. Wenn du zum Beispiel 14 Jahre lang mit dieser Geschwindigkeit unterwegs bist, dann bist du 25,

wenn du wieder auf der Erde landest. Und du denkst, dein Zwillingsbruder wäre genauso alt. Aber stell dir vor, der feiert gerade seinen 61. Geburtstag!«

»Wie bitte?«

Alby schießt in die Höhe, als ginge ein Stromstoß durch seinen Körper. »Ich habe eine Idee«, sagt er. »Wir machen ein Experiment! Du düst ins All und ich bleibe hier.«

»In echt …? Wie soll das gehen?«

»Vertrau mir. Du bist zwar ein Zauberschüler – aber ich bin ein Meister. Der kosmischen Magie!«

»Ich finde, du solltest fliegen, und ich bleibe stattdessen hier.«

»Nein, umgekehrt!«

»Nein, du …!«

Er fährt ein Schubfach aus der Mitte seines Körpers. »Hier – setz schon die Brille auf!«

Vorwärts in die Zukunft

Keine Ahnung, wie Alby X3 das hinbekommen hat!

In den Osterferien habe ich mit Papa und Hannah einen Freizeitpark besucht. In einem Gebäude, das aussah wie ein Raumschiff, wurde ein Flug ins All simuliert. Es gab allerdings eine kleine Hürde: Wer mitfliegen wollte, musste mindestens 1,40 Meter groß sein. Hannah zog ihre Mütze ein Stück höher und der Mann am Eingang drückte ein Auge zu. Jemand schnallte uns an und wir lehnten uns zurück wie in einem Cockpit. Vor uns ragte ein Bildschirm auf und wir bekamen 3-D-Brillen verpasst. Es war, als würden wir mitten ins All düsen – zwischen Kometen und Asteroiden wie bei Star Wars.

Ich weiß auch, dass man für viel Geld einen Flug buchen und für ein paar Minuten die Schwerelosigkeit ausprobieren kann. Das nennt man Parabelflug. Bei diesem Flug ist alles genau festgelegt. Ein schnelles Flugzeug fliegt in einem ganz bestimmten Winkel steil nach oben. Dann drosselt der Pilot die Triebwerke und drückt den Steuerknüppel leicht nach vorn. Das Flugzeug steigt ein paar Sekunden weiter und sinkt dann nach unten. Es beschreibt einen Parabelbogen, und in dieser Zeit herrscht Schwerelosigkeit an Bord – ungefähr 20 Sekunden lang.

Muss ein tolles Gefühl sein.

Aber das hier toppt alles.

Ich stecke in einem Raumanzug mit klobigen Schuhen und betrachte das Universum durch das Visier meines Helms. Geschwindigkeit: fast eine Milliarde Kilometer pro Stunde. Noch mal zum Mitschreiben:

1.000.000.000 Kilometer pro Stunde!

So unglaublich schnell kommt es mir aber nicht vor, denn um mich herum ist nur die weite Dunkelheit des Weltraums – kein Himmelskörper weit und breit, an dem ich mich orientieren könnte.

Da gerät ein braunroter Planet in mein Blickfeld und wird schnell größer. Das muss der Mars sein!

»Aufpassen, dass du nicht in seine Umlaufbahn gerätst!«

Ich höre Albys Stimme auf meinem Kopfhörer und frage ihn, wie es ihm auf der Erde so geht.

»Ganz gut. Ist ordentlich was los hier unten.«

Wieso denn? Hat das Museum etwa schon geöffnet?

»Vorsicht!«, tönt es in meinen Ohren. »Ein Komet – ausweichen! Augen auf, da kommen noch mehr.«

Puh, das war knapp! Den Kometen habe ich nur gesehen, weil eine Hälfte von der Sonne angestrahlt wurde.

Wahnsinn! Das soll mir mal einer nachmachen – ich bin mit einer Geschwindigkeit von fast 300.000 Kilometern pro Sekunde unterwegs und muss dabei eisigen Brocken mit scharfen Kanten ausweichen. Und im Hintergrund das Sternengewimmel der Milchstraße.

Das Leuchten der Sterne kommt mir von hier aus viel feuriger vor.

»Wie lange geht das noch so, Alby?«, brülle ich in mein Mikrofon.

»Wenn du das Tempo hältst, hast du die anderen Planeten bald erreicht.« Es knackt in meinen Kopfhörern. »Dann dauert's ein paar Jahre bis Proxima Centauri.«

Kann es sein, dass seine Stimme klingt wie aus einem Blecheimer?

»Was? So lange bis zum ersten Stern hinter unserem Sonnensystem?«

»Genau. Wenn du stattdessen in Richtung Sirius fliegen würdest, würdest du sogar fast neun Jahre brauchen!«

»Obwohl ich fast mit Lichtgeschwindigkeit unterwegs bin?«

»Sorry. Schneller geht es nicht. Nichts ist schneller als das Licht.«

»Können wir meinen Ausflug abkürzen?«

»Wenn du darauf bestehst. Ist ja nur eine Simulation.«

Eine verdammt realistische Simulation. Alles wirkt ganz echt. In einer perfekten Ellipse kehre ich zur Erde zurück, kopfüber vorbei an Neptun, Uranus, Saturn, Jupiter, Mars und schließlich: dem Mond. Ich meine fast, die *Eagle* auf der Mondoberfläche stehen zu sehen.

Da – ein undeutlicher blauer Punkt. Die Erde.

Der Anflug ist einmalig. Mit einem Zischen tauche ich in die Erdatmosphäre ein. Europa, Deutschland – und dann meine Heimatstadt. Da ist der Domplatz ... und schon geht es durch das Kippfenster hinein ins Museum. Eine enge Kurve, dann durch den Tunnel mit den Sternbildern und abbremsen.

Ich bin zurück im Observatorium.

Aber was ist denn hier los? Möbelpacker verstauen das Mobiliar in Kisten. Einige schrauben die Sitze ab. Und wo ist Alby?

Ich höre ein zaghaftes Beep.

Oh nein! Vor dem Teleskop liegt ein Haufen Blech mit Schräubchen und Transistoren. Mit Mühe erkenne ich den kugelrunden Kopf. Er ist rostig und zerbeult. Unendlich langsam öffnet sich ein Auge. Aus einem Lautsprecher, der nur noch an einem Kabel hängt, erklingt leise mein Name.

»Lim-bra-dur …«

»Alby ...?«

»Lim-bra-dur …«

Hastig reiße ich mir die Handschuhe herunter. Wie kann ich den Mini-Roboter noch retten? Jede Sekunde zählt. Von der Seite nähert sich ein Mann im Blaumann. Er hat eine Kehrschaufel in der Hand und knurrt: »Aus dem Weg, Junge. Der Schrott muss weg. Schließlich muss hier endlich einmal renoviert werden.«

Whoosh!

»Alles eine Simulation«, sagt Alby. »Wir waren nur kurz in der Zukunft. Setz langsam die Brille ab.«

Ich gehorche und sehe, wie sich meine Astronautenschuhe in Sneakers zurückverwandeln. Einmal tief durchschnaufen. Versuchsweise zwicke ich mich ins Bein.

Autsch.

»Na, du Astronaut? Wie war die Reise?« In voller Größe steht Alby vor dem Teleskop, ganz ohne Beulen und Rostflecken.

»Alby! Ich bin so froh, dass du kein Schrotthaufen bist!«

»Das höre ich gern«, sagt er und seine Stimme klingt wieder frisch. »Ist doch nichts passiert. Während du durchs Weltall gedüst bist, bin ich gealtert. Hier, auf der Erde. Genauso, wie Albert es ausgerechnet hat. Ich hoffe, du weißt noch, warum das so ist.«

»Weil ich nahezu mit Lichtgeschwindigkeit geflogen bin. Meine Güte – das mit den Zwillingen stimmt also ...«

Obwohl Alby und ich nicht einmal verwandt sind.

»Genau«, beruhigt mich der Wissensroboter. »Ihr Menschen seid weit davon entfernt.«

»Wovon?«

»Auch nur annähernd so schnell wie das Licht fliegen zu können.«

»Weißt du was, Alby?«

»Ja?« Er schaut mich an und wartet auf die Antwort.

»Wenn ich du wäre, würde ich über Rostschutzfarbe nachdenken.«

Er kratzt sich am Kopf. »Da ist was dran. Wissensroboter wie ich sind leider nicht für das Erdklima gebaut. Auf Dauer wäre es mir hier ein bisschen zu feucht.«

Alby hat mir einen ganz schönen Schrecken eingejagt. Aber ich habe verstanden: Zeit ist nicht immer gleich. Je nach der Geschwindigkeit, mit der man sich bewegt, ist sie für jeden unterschiedlich lang.

Die Monsterkugel aus dem All

»Weißt du, was Einstein noch herausbekommen hat?«, fragt Alby so laut, dass es von den Wänden des Observatoriums hallt. Der kleine Roboter ist voll in seinem Element. Da ich die Antwort nicht weiß, gibt er sie sich einfach selbst. »Wie schnell die Zeit vergeht, hängt noch von etwas anderem ab.«

»Und wovon?« Ich beobachte, wie er elegant abhebt.

»Davon, wie nahe man dem kommt, was im Weltraum so an Massen herumfliegt.« Er nimmt Kurs auf ein großes Modell der Erde, verlangsamt die Geschwindigkeit und gleitet bäuchlings am Äquator entlang.

Es macht Spaß, Alby beim Fliegen zuzusehen. Jetzt verlässt er seine Umlaufbahn, macht Tempo und streckt dabei die Beinchen. Mit einer halben Drehung schraubt er sich in die Höhe, um mit einem halsbrecherischen Salto in die Tiefe zu schießen.

Er will eine Medaille beim kosmischen Turmspringen!

Noch einmal durchqueren wir die Halle mit der Mondlandefähre. Ich drehe eine Extrarunde um die *Eagle* und mein Skateboard zeichnet Leuchtspuren in die Luft. Alby greift in die Luft – und hält eine glänzende Murmel zwischen zwei Fingern. Einfach so aus dem Nichts.

»Stell dir vor, das wäre der Mond.«

»Okay ...«

»Und vor unseren Füßen liegt das ganze Weltall.« Alby verringert seine Geschwindigkeit und zeigt auf ein schwarzes Tuch, das plötzlich vor uns in der Luft schwebt, flach wie eine Picknickdecke. »Stell dir Raum und Zeit einfach mal als Fläche vor. Und jetzt aufgepasst.« Er gibt der Murmel einen Schubs und die fliegt über das Tuch. Ganz langsam und immer geradeaus. Wir folgen der Murmel und ich staune.

»Fang!«

Der Basketball! Ich verliere fast das Gleichgewicht und dann passe ich den Ball zurück. Der kleine Roboter lässt ihn auf seiner Fingerspitze rotieren wie ein Profi. »Stell dir vor, das wäre die Erde.«

Er lässt ihn fallen, und der schwere Ball sinkt wie in Zeitlupe auf das Tuch.

Womit mal wieder klar wäre, wer der Magier im Haus ist.

Natürlich springt der Basketball nicht ab – er schwebt über dem Tuch und darunter bildet sich eine Kuhle. »Schwere Himmelskörper verformen den Raum und die Zeit«, sagt Alby. »Oder verzerren Raum und Zeit, wie Einstein das genannt hat. Jetzt schau dir mal die Murmel an!«

Ich traue meinen Augen nicht. Sie fliegt nicht mehr geradeaus, sondern beginnt, um den Ball zu kreisen. »Ohne Verzerrung«, sagt Alby, »würde sie frei dahindriften – mit konstanter Geschwindigkeit immer geradeaus. Aber weil da eine Masse ist, bewegt sich die Kugel stattdessen auf einer Umlaufbahn um die Masse herum.«

Jetzt ist mir alles klar. Die Erde mit ihrer hohen Gravitation sorgt für eine Krümmung in Raum und Zeit. Der kleinere Mond folgt der Krümmung und kreist um die Erde herum.

»Je größer die Masse«, erklärt der kleine Roboter, »desto stärker die Krümmung oder Verzerrung von Zeit und Raum. Das ist das Geheimnis der Schwerkraft.«

»Und die sorgt dafür, dass sich die Planeten im Sonnensystem so bewegen, wie wir das am Nachthimmel oder durch ein Teleskop sehen können.«

»Richtig!« Alby schraubt sich in der Luft hoch und klopft mir mit seiner kleinen Roboterhand auf die Schulter. »Du hast heute Nacht eine Menge verstanden, mein magischer Freund.«

Wir fliegen zurück und schauen uns noch ein paar Schautafeln an, aber dann muss ich gähnen. Schließlich landen wir vor der Büste von Albert Einstein.

»Herzlichen Glückwunsch zum Geburtstag«, sagt Alby feierlich.

»Echt?«

»Heute ist der 14. März. Albert Einsteins Geburtstag.«

Deswegen wird das Museum heute eröffnet!

Von hier aus ist es nicht mehr weit bis zum Ausgang. Hin und wieder denke ich an meinen Auftrag: etwas aus dem Museum mitzunehmen. Aber irgendwie sind mir Ole und Emre in diesem Moment ziemlich egal. Die beiden wollten mich voll blamieren!

Sssst!

Da ist es wieder, das Geräusch. Ruckartig schaut sich Alby nach allen Seiten um und kratzt sich an seinem runden Kopf. Macht ihn das nervös? Ist da womöglich Gefahr im Anrollen? Dann lächelt er und sagt: »Komm – ich zeige dir seine Geige!«

»Albert Einstein konnte Geige spielen?«

Jetzt fühle ich mich dem Mann mit den wirren Haaren und dem buschigen Schnauzer noch mehr verbunden. Geige und Schlagzeug, das wäre doch eine geniale Kombination!

Wir landen vor einem Ausstellungskasten und ich bestaune eine Violine aus wunderschönem dunkelbraunen Holz. Darauf hat er gespielt? Daneben liegen eine Urkunde und eine goldene Medaille.

»Ist das der Nobelpreis?«, frage ich Alby.

Sssst! Sssst!

Schon wieder das seltsame Geräusch.

Sssst! Sssst! Sssst!

Es kommt immer näher. Was ist das? Alby schaut auf seinen Kugelbauch. Im Innern leuchtet etwas Rotes auf und lässt seinen Körper für einen Moment erglühen.

Offenbar hat irgendjemand Kontakt zu ihm aufgenommen.

Der Roboter wirft mir einen Blick zu und zuckt mit seinen eckigen Schultern. Und jetzt sehe ich, was das Geräusch und das Licht auslöst.

Hinter ihm schwebt eine große weiße Kugel. Sie sendet ein Lichtsignal aus. Auf ihrer Oberfläche zeichnet sich ein dunkler Kreis ab – ist das eine Art Auge? Lautlos erscheinen zwei kreisförmige Module auf der Bildfläche. Unter ihnen schimmert blaues Licht. Ein Laserstrahl erfasst uns wie ein Fächer aus Licht und scannt uns ab.

»Keine Angst«, sagt Alby. »Sie will erkennen, wen sie vor sich hat. Und sie hat auch nur einen einzigen Auftrag.«

»Lass mich raten«, flüstere ich. »Dieses Ding ist ein Raumschiff. Es soll dich zurückbringen.«

Sssst! Beep! Twäng!

Die Geräusche werden vielfältiger und man hat fast den Eindruck, dass hier geplaudert wird.

Die Kugel unterhält sich mit Alby!

Jetzt bräuchte ich ein Lexikon.

Deutsch – Robotersprache.

Robotersprache – Deutsch.

Auch ohne Übersetzung ist nicht zu überhören, dass die dicke Kugel verärgert klingt. Und der kleine Roboter wirkt kleinlaut. Dann dreht er sich zu mir um.

»Sorry«, sagt er. »Ich habe die Zeit schon überschritten. Diese Drohne muss mich leider zurückbringen.«

»Drohne?«

»So nennt man ein Luftfahrzeug ohne Besatzung.«

»Wo musst du denn hin?«

Alby fliegt aus dem Lichtfächer der Drohne und ich folge ihm. Als wir außer Reichweite sind, fährt er noch einmal das Schubfach an seinem Kugelbauch aus. »Setz die Brille auf, Limbradur. Dann zeige ich dir, wo ich herkomme.«

Albia

»Wow!«

Mitten im All schwebt ein Gebilde von schier unendlicher Größe. Auf die Entfernung sieht es aus wie ein verrücktes Kunstwerk. Große und kleine Kugeln werden von Röhren zusammengehalten und leuchten in unterschiedlichen Farben.

Ich weiß, woran mich das erinnert.

Papa hat ein Medizinbuch mit Bildern. Einmal hat er mir eins vom Inneren des Gehirns gezeigt. »So stellen sich die Gehirnforscher vor, dass es in unserem Oberstübchen aussieht.« Er zeigte auf die Verbindungen zwischen einigen Knotenpunkten. »Hier huschen winzige Impulse von einer Nervenzelle zur anderen. Alles in Bruchteilen von Sekunden.«

Ich habe damals genau hingeschaut. Es sah aus, als ob kleine Blitze von Knötchen zu Knötchen sausen. Wie zwischen den Kugeln in Albys Raumstation. Der Mini-Roboter muss mir nicht einmal erklären, warum das so ist. Darauf komme ich auch so.

Hier oben wird Wissen gesammelt.

Der Größe nach zu urteilen, das vollständige Wissen des Universums.

»Lass die Brille auf«, sagt Albys Stimme. »Wir haben noch ein paar Minuten Zeit.«

Plötzlich fliege ich durch eine dieser Röhren. Die Wand ist durchsichtig und dahinter sehe ich eine Wolke aus Staub und Gas. Klumpen wirbeln herum, als betätige jemand einen gigantischen, unsichtbaren Rührstab.

»Da entsteht ein Stern«, flüstert Alby mir zu. »So etwas schauen wir uns natürlich genau an.«

»Ist das nicht gefährlich?«, frage ich.

»Bevor es da zur Sache geht, sind wir längst weg. Weit weg.«

»Eure Raumstation bewegt sich also durch das Universum«, stelle ich fest. »Auf welcher Bahn fliegt sie jetzt gerade? Ich meine, ist sie an einem Punkt im All, den wir Menschen kennen?«

»Nein, das hier ist weit entfernt von allem, was für euch vorstellbar ist.«

»Auch nicht, wenn ich mich mit Lichtgeschwindigkeit bewege?«

Alby Stimme klingt beschwörend. »Selbst dann würde ein Menschenleben nicht ausreichen, um Albia zu besuchen.«

Inzwischen bin ich in das Innere einer Kugel eingetaucht. Sie ist so groß wie ein Konzertsaal. Obwohl die Türen aus Licht übereinanderliegen, kann ich keine Stockwerke unterscheiden. An den Wänden wuseln Reinigungsmaschinen entlang wie Schnecken in einem Aquarium. Um mich herum fliegen viele Albys. Sie wirken beschäftigt und haben offenbar alle das gleiche Ziel.

»Alby?«, rufe ich in die Gruppe. »Alby X3?«

Keiner antwortet und ich gleite zwischen ihnen weiter. Dann sind wir da und ich kann es kaum glauben.

Ich bin in einem Klassenraum für Roboter gelandet. Hier erstrahlt alles in weißer Farbe. Ungefähr zwanzig Albys sitzen in kugelförmigen Sesseln, die frei im Raum schweben.

»Das bin ich«, höre ich Alby sagen. »Schau genau hin.«

Hä? Wie soll ich ihn bloß erkennen? Die kleinen Roboter sehen doch alle gleich aus!

Da, dieser Alby kratzt sich am Kopf!

Inmitten der anderen sieht das ganz rührend aus und ich merke, dass ich den kleinen Kerl mag. Es wäre toll, wenn ich morgen in der Schule so einen Freund hätte. Noch so einen Freund, meine ich – ich habe ja schon Kuller. Aber mit Alby verstehe ich mich blind. Und er setzt alles in Bewegung, um mir zu helfen.

Sogar das Universum.

»Was du siehst, ist ein Erinnerungsfilm von einer besonderen Schulstunde«, sagt Albys Stimme. »Tu mir den Gefallen und schau nach vorne.«

Und schon wieder klingt er wie ein fliegendes Lexikon.

Das gibt es doch nicht! Vor der Klasse steht Albert Einstein. Seine Haare sehen noch wuscheliger aus als auf den Fotos. In der Hand hält er ein Stück Kreide, hinter ihm steht eine altmodische Tafel. Darauf erkenne ich Formeln und eine Spirale, die auf ein Loch zuläuft. Aber ich bin viel zu aufgeregt, um zu verstehen, worum es gerade geht. Mit seiner sanften Stimme und dem netten Lächeln erinnert mich der alte Albert so gar nicht an den jungen Einstein von der verunglückten Zeitreise.

Plötzlich kann ich meine eigene Stimme hören.

Albert Einstein hat euch unterrichtet?

»Meine Idee«, antwortet Alby stolz.

Aber wie geht das?

»Erkläre ich dir später. Wenn noch Zeit ist.«

Na klar. In Albia ist alles möglich.

»Müsst ihr euch denn vor nichts fürchten?«

»Doch«, sagt Alby. »Genau darum geht es in Alberts Vortrag. Um Schwarze Löcher. Die sind das allergrößte Geheimnis des Universums.«

Abschied

»DU KANNST die Brille wieder abnehmen«, sagt Alby. Wir stehen in der Eingangshalle. Das Skateboard schwebt dicht über den Fliesen.

Sssst! Beep! Twäng!

Die weiße Kugel blinkt wie eine Alarmanlage, hält sich aber auf Abstand. In Gedanken bin ich noch bei Albert Einstein. Habe ich ihn tatsächlich vor einer Schulklasse von Robotern stehen sehen? Oder war das so etwas wie eine Fata Morgana in der Wüste?

»Habt ihr diesen Albert programmiert?« Die Frage muss ich einfach loswerden. Das könnte auch für Papa interessant sein.

Alby schwebt auf mich zu, als solle die Drohne seine Worte nicht mitbekommen. »So würde ich es nicht nennen. Obwohl ... du hast ja gemerkt, wir können schon so einiges.«

»Oder ist er auf eine Zeitreise gegangen? In die Zukunft? Er wusste ja, wie ...«

»Interessanter Gedanke.«

Alby wirkt abgelenkt. Das liegt an der Monsterkugel aus dem All, die keine Ruhe gibt und einfach nur noch nervt. Armer kleiner Roboter.

Zurück zur Mama?

Ich trete einen Schritt zurück, stemme die Arme in die Seiten und mache ein empörtes Gesicht. »Du hast mir was vorgeschwindelt, Alby! Du bist hier gar nicht der Chef.«

»Musste ich doch, Limbradur«, seufzt Alby. »Was hätte ich dir denn sonst erzählen sollen? Außerdem wärst du ohne mich niemals ins Museum gekommen.«

Na klar, er hat die Tür geöffnet und mich im Glauben gelassen, ich hätte mich selbst ins Museum gezaubert. So was Ähnliches habe ich mir schon gedacht. Alles Magische in dieser Nacht hat Alby bewirkt – so viel ist mir jetzt klar. Aber ich will noch mehr herausbekommen. Viel Zeit bleibt mir nicht.

»Und was ist dein Auftrag, Alby? Ich meine, warum haben sie ausgerechnet dich geschickt?«

»Das kannst du dir doch denken. Wie jeder von uns soll auch ich Wissen sammeln und speichern.«

»Aber entschuldige – du weißt doch schon alles.«

Alby pikst mich mit seinem Roboterfinger in den Oberschenkel.

»Aua.«

»Wieso *aua?*«

»Weil es wehgetan hat.«

»Ein kleiner Schmerz«, sagt er. »Verstehst du? Genau das will ich lernen. Gefühle wie Freude, Trauer oder Schmerz. Ich habe gehofft, ich treffe hier einen Menschen, von dem ich so etwas lernen kann.«

»Srrrrrrrr…!«

Mit dem Geräusch eines Akkuschraubers hebt sich die Drohne in die Luft. Bedrohlich schwebt sie über unseren Köpfen.

»Und dieser Mensch bin ich?«

»Na klar. Du hast du mir einiges gezeigt, mein Freund. Dass du dir Sorgen machst um deine Schwester. Dass du dich furchtbar ärgern kannst. Über Ole und seinen Freund. Das finde ich spannend.«

Er schraubt sich in die Höhe und es scheint fast, als würde er von der weißen Kugel angezogen.

»Wie macht man das bei den Menschen?«, fragt er.

»Was?«

»Das Verabschieden.«

Mir wird ein bisschen mulmig.

Soll es das schon gewesen sein?

»Na ja, man umarmt sich. Oder gibt sich die Hand. Und richtet Grüße aus.«

Er reicht mir seine Hand. Ich berühre sie mit meiner. Die Roboterhand ist nicht so kühl, wie ich es erwartet habe.

»Grüß deine kleine Schwester von mir«, sagt Alby. »Warum trägt sie immer eine Mütze?«

»Würde ich auch gerne wissen. Du kannst ja vorbeikommen und sie fragen.«

»Warum nicht?« Er lächelt. »Auf jeden Fall bin ich schneller bei euch, als ihr bei mir.«

Die Kugel über unseren Köpfen klingt aufgeregt wie ein Parkpieper und Alby ahmt mit den Fingern einen Countdown nach.

Zehn, neun, acht …

Auf ihrer spiegelglatten Oberfläche wird ein Rahmen sichtbar. Bestimmt wird sich gleich etwas öffnen.

Sieben, sechs, fünf …

Nur noch wenige Sekunden, dann wird sich das Zeitfenster endgültig schließen. Da öffnet Alby seine Roboterhand.

»Das ist ein Kompass. Den hat mir Albert geschenkt. Jetzt gehört er dir.«

»Echt?«

»Er hat ihn von seinem Vater bekommen. Als kleiner Junge war er fasziniert davon, dass die Nadel immer nach Norden zeigt. Siehst du?«

Ich blicke auf den Kompass. Er ist aus Bronze und die Buchstaben darauf sehen altertümlich aus. Könnte gut in das Münchener Klassenzimmer passen. Die rote Nadel zeigt nach Norden. Glaube ich wenigstens.

»Danke, Alby!«

»Bestimmt kannst du ihn gebrauchen!«

Mein Beweis dafür, dass ich wirklich hier war – aber brauche ich dafür wirklich noch einen Beweis?

Die Kugel hat sich geöffnet und Alby steckt schon drin. Von innen umstrahlt helles Licht seinen kleinen Körper. Ich überlege fieberhaft, was ich ihm schenken kann. Na klar, warum bin ich nicht früher darauf gekommen!

Ich greife nach dem Zauberstab. »Ich glaube, ohne dich kann ich damit nichts mehr anfangen!«

»Danke!« Alby nimmt ihn entgegen und presst ihn an seinen Körper. »Wird deine Schwester nicht traurig sein, wenn der futsch ist?«

»Gefühlsregel Nummer 1«, sage ich. »Menschen sind manchmal traurig. Aber man kann sie auch trösten.«

»Es wäre schön, wenn wir uns noch einmal begegnen würden, Limbradur.«

Das Zischen wird lauter. Gleich ist es so weit.

»Alby«, brülle ich gegen den Lärm. »Haben euch Menschen gebaut? Wie wir?«

Aber seine Antwort kann ich nicht mehr hören. Die Kugel hat sich geschlossen, alles ist dicht und keine Öffnung mehr zu erkennen.

Wie von Geisterhand öffnet sich die Museumstür, und die weiße Kugel schwebt hindurch. Ich sehe zu, dass ich ihr rasch folge, bevor ich im Museum gefangen bin.

Ich komme rechtzeitig auf den Domplatz, um die weiße Kugel in Richtung Himmel fliegen zu sehen. Dabei scheint es, als würde sie ein wenig hin- und herschaukeln, bevor sie außer Sicht gerät.

Dann ist niemand mehr vor dem Museum.

Außer mir.

Ich schwinge mich auf mein Skateboard, und – falle fast auf die Nase. Verflixt, hier draußen ist es vorbei mit dem Schweben. Das hätte ich mir auch denken können.

Auf dem Kopfsteinpflaster sehe ich eine Kindermütze liegen. So eine, wie Hannah sie trägt.

Ich nehme mir fest vor, ihr morgen die Wahrheit zu sagen. Dass ich gar kein Zauberschüler bin. Bleibt mir auch nichts anderes übrig – ohne Zauberstab.

Ein Stern mit Namen

»Aufwachen! Hast du etwa in deinen Sachen geschlafen? Na, ich werde dich nicht verraten. Wie war's denn?«

Hannah steht vor meiner Hängematte und ruckelt an den Seilen. Wenn sie so weitermacht, wird mir schwindelig.

Erst mal die Augen öffnen.

»Hey, Luke, du hast mir versprochen, ALLES zu erzählen! Als ich dich reingelassen habe! Um zwei Uhr morgens!«

Deswegen bin ich so fertig.

Ich blinzele durch meine müden Augenlider. Hannah hat ihre lila Mütze aufgesetzt. Die ist für den Samstag reserviert. Und ich habe schulfrei. So wie sie. Also hat sie viel Zeit, mich auszuquetschen.

Der Zauberstab!

»Zeig schon her!«, ruft sie. »Wo ist der Stab? Sieht er jetzt anders aus? Sag schon was!«

»Äh, der gute alte Zauberstab. Ja, weißt du, alle Zauberschüler waren pünktlich an der alten Brücke versammelt. Plötzlich tauchte ein alter Magier auf, wie aus dem Nichts. Er warnte uns vor einem Gegenzauber und befahl uns, die Stäbe in seinen Korb zu legen …«

Auf Hannahs Stirn bildet sich eine Falte. Sie hat sich etwas anderes erhofft und mustert mich mit großen Augen. Dabei fällt mir ein, was ich mir vorgenommen habe.

Schluss mit den Schwindeleien.

Ich will meiner Schwester die Wahrheit über die ganze Zaubernummer sagen und fange schon wieder an, mir eine haarsträubende Geschichte auszudenken?

»Hannah?«

»Was denn, Limbradur?«

»Lass das mal mit dem Limbradurdings. Wie spät ist es?«

»Fast zehn Uhr. Papa holt Brötchen.«

»Weißt du was? Nach dem Frühstück fahren wir zum Eisessen. Ich lade dich ein.«

»Joghurt-Kirsche? Echt? Hast du im Lotto gewonnen? Ist was passiert?«

So viele Fragen auf einmal. Und das nach dieser Nacht.

»Oder wir gehen in den Zoo, wenn Papa uns die Eintrittskarten spendiert. Und dann erzähle ich dir eine Geschichte ...« Ich schwinge mich aus der Hängematte. Genauso wird es ablaufen. Ich werde ihr beichten, dass ich kein Zauberschüler mehr bin und nie einer wahr. Und dass ich meinen Zauberstab einem ...

... kleinen Roboter geschenkt habe?

Warum nicht. Das klingt zwar genauso erfunden, ist aber die Wahrheit. Wenn Hannah alles verstanden hat (hoffentlich), werde ich vorschlagen, dass wir uns einen Stern aussuchen und nach Mama benennen. Das wird ihr gefallen!

»Also dann bis nachher, Baby!«

»Wie hast du mich genannt? *Baby?*«

Ich tue so, als würde ich sie verfolgen und sie flüchtet die Treppe hinunter. Als ich um den Pfosten herumturne, um ihr nachzusetzen, spüre ich etwas in meiner Hosentasche.

Der Kompass.

Plötzlich läuft die Nacht im Museum wie ein Film vor meinen Augen ab. Wie sich die Tür geöffnet hat und ich mit einem Roboter in der Luft zusammengestoßen bin.

Wie mir Alby X3 die Geheimnisse von Isaac Newton und Albert Einstein verraten hat. Sogar eine Zeitreise haben wir unternommen – ich wollte, ich hätte die Feder mitgenommen!

Wie aufs Stichwort höre ich eine Elster schimpfen und schaue aus dem Dachfenster.

Vor dem Gartenzaun steht Ole. Er hat sein Fahrrad an den Baum gelehnt und ist dabei, kleine Steinchen an mein Fenster zu werfen. Jetzt sieht er mich und winkt wie ein Fluglotse.

Verstehe – ich soll das Fenster aufmachen.

»Hey, Luke – wir war's denn gestern im Museum?«

»Im Museum? Ach so, das lief wie geschmiert. Die Tür war offen. Überall wuselten Leute rum. Wie du gesagt hast. Und dann bin ich da rein.«

»Echt? Du hast das geschafft? Kompliment, Alter.« Er kratzt sich an der Kapuze. »Na klar. Konnte ja nicht schiefgehen. Aber sag einmal ...«

Ich genieße, wie er rumzappelt. Er kann ja nicht zugeben, dass er mich reinlegen wollte wie einen Vollidioten. Eigentlich hatte ich niemals wirklich die Chance, in jener Nacht in das verschlossene Albert-Einstein-Museum zu gelangen. Aber dann war ich plötzlich doch drin. Er und Emre haben es sogar mitbekommen.

Aber genau das kann er jetzt nicht zugeben.

Bingo! Den habe ich im Sack!

Ich gähne in die frische Morgenluft. Die Frühlingssonne traut sich noch nicht so recht raus und es ist ziemlich kühl.

»Ich war stundenlang da«, rufe ich Ole zu. »Es ist voll faszinierend. Mit viel Licht und einer Mondlandefähre. Ich habe sogar den Chef kennengelernt.«

Stimmt. Jedenfalls hat er das behauptet.

»Und etwas mitgebracht.«

Ole nickt. Ich glaube, in diesem Moment könnte ich ihm einfach alles erzählen. Dass ich mit *Meister Yoda* Scrabble gespielt und *Darth Vader* im Laserschwertkampf besiegt habe.

»Was hast du denn mitgenommen?«, fragt Ole. »Komm doch mal runter und zeig's!«

»Nee. Ich würde das gerne erst mal für mich behalten.«

»Was ist es denn?«

»Der Kompass von Albert Einstein.«

»Der Kompass von ... so 'n voll altes Ding?« Ole macht ein ziemlich dummes Gesicht. Er tritt auf der Stelle und druckst herum. »Was ich noch sagen wollte, Luke – wenn du Lust hast, kannst du nächsten Samstag mitkommen in den Dinopark. Wird eine ganz lockere Runde, weißt du ...«

Jetzt kommt mein großer Moment.

»Weißt du, Ole – ich denk drüber nach. Aber erst mal schönen Dank für das Angebot. Ich sag dir dann Bescheid.«

Ole zieht sich die Kapuze in die Stirn und greift nach seinem Fahrrad. »Alles klar«, sagt er. »Melde dich einfach. Wir sehen uns spätestens am Montag.«

An diesen Samstag werde ich mich ein Leben lang erinnern. An die Begeisterung, als ich Hannah die Idee mit dem Namen erzählt habe. Am liebsten würde sie gleich mit mir in die Sternwarte gehen und den Stern aussuchen.

Dass mir das nicht selber eingefallen ist!

Papa fand den Vorschlag auch super. Er kennt den Chef vom Planetarium und der kann uns helfen, einen

Stern zu finden. Dabei fiel ihm ein, dass er heute mit uns ins Albert-Einstein-Museum gehen wollte.

Da war es natürlich rappelvoll und ich musste mein Board an der Garderobe abgehen. So bin ich wenigstens nicht in Versuchung gekommen, es noch einmal auszuprobieren. Ich meine, ob ich immer noch durch die Hallen fliegen kann.

Das Ganze hat sich angefühlt wie nach einer megatollen Feier. Papa hat sich gewundert, was ich ihm alles zeigen konnte.

Die Büste von Albert Einstein.

Die Alby fast runtergeworfen hätte.

Das Bild von Isaac Newton.

Vor dem ich Alby den Basketball verpasst habe.

Die Mondlandefähre.

Das Fenster in der Halle ist noch immer gekippt.

Aber das Beste kommt noch. Auf dem Weg zum Museumsshop kommen wir noch einmal durch die Eingangshalle, als ich etwas Buntes unter einer Vitrine liegen sehe. Ich erinnere mich sofort.

Das gibt es doch nicht!

Die Pfauenfeder.

Ich bücke mich, hole sie unter der Vitrine hervor und schenke sie Hannah, die sie sich gleich in die Mütze steckt. Das war klar. Ich weiß nicht, was Alby davon gehalten hätte. Garantiert hätte er mit einer weiteren Zeitreise-Regel genervt.

Zeitreise-Regel Nummer 3: Federn aus anderen Zeiten nie an die eigene Mütze stecken.

Ich vermisse ihn schon jetzt, den Klugscheißer aus dem All. Der mich auf ein paar super Ideen gebracht hat und viel mehr ist als ein paar blitzblanke Kugeln mit Steckverbindungen. Sonst hätte ich nicht so um ihn gezittert, als er als Haufen Schrott vor meinen Füßen lag. Und mein Herz würde nicht so bubbern, wenn ich an ihn denke wie an einen echten Freund. Vielleicht habe ich ihm ja auch etwas zurückgegeben. Bestimmt sogar, denn wir haben uns über Freundschaft unterhalten und –

»Wolltest du nicht noch für Physik lernen?« Papa reißt mich aus meinen Gedanken.

»Ich glaube nicht«, lautet meine Antwort. »Wenn du willst, halte ich dir nach dem Abendessen einen Vortrag über die Schwerkraft. Das habe ich mittlerweile drauf.«

UNSER SONNENSYSTEM

Wo ist eigentlich unser Platz im Universum? In unserem Sonnensystem. Dort dreht sich alles um die Sonne. Genauer gesagt: acht Planeten, die man sich gut mit einem einzigen Satz merken kann. Unser Heimatplanet Erde ist einer von ihnen.

Die Anfangsbuchstaben jedes Wortes stehen dabei für die Anfangsbuchstaben der Planeten **M**erkur, **V**enus, **E**rde, **M**ars, **J**upiter, **S**aturn, **U**ranus und **N**eptun. Früher zählte man auch Pluto zu den Planeten. Mittlerweile wurde er aber zum »Zwergplaneten« degradiert.

Unser Sonnensystem liegt in einer ruhigen (etwas abgelegenen) Gegend der Milchstraße. Die ist mit mehr als hundert Milliarden Sternen unfassbar groß. Natürlich ist sie keine richtige Straße, wie man sich das so vorstellt, sondern eine – Galaxie. Wenn man sie durchqueren wollte, bräuchte man dafür selbst mit Lichtgeschwindigkeit mehr als 100.000 Jahre.

Kaum zu glauben!

In dem Teil des Universums, den wir beobachten können, gibt es Milliarden und Abermilliarden Galaxien. Die nächste größere Galaxie hinter der Milchstraße heißt Andromeda und ist 2,5 Millionen Lichtjahre entfernt.

Die Luft der Atmosphäre, die unsere Erde umhüllt, ist dafür verantwortlich, dass alle Lebewesen atmen können, sie schützt vor Sonnenstrahlen und sorgt für unser Klima. Dass sie nicht ins All davonfliegt, verdanken wir der Schwerkraft!

UND DAS IST NOCH NICHT ALLES!

Das Universum wird ständig größer, es wächst immer weiter. Dabei war vor rund 13,8 Milliarden Jahren all die Materie, die wir um uns herum im Weltraum sehen, in einen Raum von der Größe eines Atomkerns zusammengepfercht. Seither hat sich das Universum immer weiter ausgedehnt. Dabei bildeten sich die ersten Sterne und Galaxien und schließlich, vor 4,6 Milliarden Jahren, unser eigenes Sonnensystem.

Das alles konnte Isaac Newton noch nicht wissen. Aber er war der Erste, der erkannt hat, dass eine besondere Kraft unser Universum zusammenhält – die Schwerkraft.

ISAAC NEWTON

Isaac Newton galt als Genie und wurde zum Ritter geschlagen. Er dachte sich komplizierte Gleichungen aus und berechnete sogar die Masse der Erde. Seine Forschungsergebnisse behielt er am liebsten für sich. Dennoch schrieb er ein Buch, in dem er das Phänomen der Schwerkraft und die Bewegungen der Planeten erklärte.

Isaac Newtons Biografie

1642	Geboren im englischen Dörfchen Woolsthorpe
1660	Studium in Cambridge
1665	Als die Pest ausbricht, kehrt er in sein Dorf zurück. Dort fängt er an, über die Schwerkraft nachzudenken.
1669	Mit 27 Jahren wird er Professor für Mathematik. Er lebt wie ein Mönch und verspricht, niemals zu heiraten.
1687	Sein schlaues Buch »Mathematische Prinzipien der Naturphilosophie« erscheint. Es wird sehr gelobt – trotzdem streitet er sich mit anderen Wissenschaftlern.
1727	Isaac Newton stirbt. Sein Gravitationsgesetz gilt auch heute noch.

DIE GESCHICHTE MIT DEM APFEL

Ob sich die wirklich so abgespielt hat? Sicher ist: Der junge Isaac fragte sich, warum Gegenstände nach unten auf die Erde fallen. Er kam auf die Idee, dass sich Massen gegenseitig anziehen. Die Erde hat natürlich deutlich mehr Masse hat als ein Apfel. Deshalb fällt die Erde nicht auf den Apfel, sondern vor allem der Apfel auf den Erdmittelpunkt zu. Also auf den Boden! Später dachte sich Newton eine schlaue Formel aus, mit der man noch heute die Schwerkraft und zugleich die Bewegung der Planeten berechnet.

Die Raumstation ISS

In ungefähr 400 Kilometern Höhe kreist die Raumstation ISS um die Erde. In dieser Höhe beträgt die Erdanziehungskraft nur noch ungefähr 90 Prozent. Genau wie der Mond bewegt sich die ISS mit hoher Geschwindigkeit seitwärts – in diesem Fall mit etwa 28.000 Kilometern pro Stunde. Die Schwerkraft zieht sie zum Erdmittelpunkt, und das Ergebnis von beidem ist die fast kreisförmige Umlaufbahn der Raumstation.

NEWTONS EXPERIMENTE

Isaac Newton hat die verrücktesten Sachen erfunden.

Weil ihn eine Katze nervte (die wollte ständig ins Haus hinein und dann wieder raus), bohrte Isaac Newton angeblich ein Loch in die Tür – Vorläufer der Katzenklappe!

Seine anderen Experimente sollte man allerdings auf keinen Fall nachmachen! Er schaute zum Beispiel so lange in die Sonne, bis er es nicht mehr aushielt. Autsch! Anschließend musste er einige Tage in einem abgedunkelten Zimmer verbringen, bis seine Augen sich wieder erholt hatten.

Kaum zu glauben!

Die Erde hat eine Masse ...
... von sechstausend Trillionen Tonnen. Heute weiß man das genau. Newton hat es geschätzt – ohne Taschenrechner und Computer. Aber er war schon ganz nahe dran.
Auch Albert Einstein kannte noch keine elektronischen Rechner.

ALBERT EINSTEIN

Albert Einstein war einer der klügsten Köpfe seiner Zeit. Als er noch zu Schule ging, sah das allerdings nicht so aus. Er wurde später Physiker und bewies, dass Licht aus extrem kleinen Teilchen besteht. Dafür bekam er den Nobelpreis.

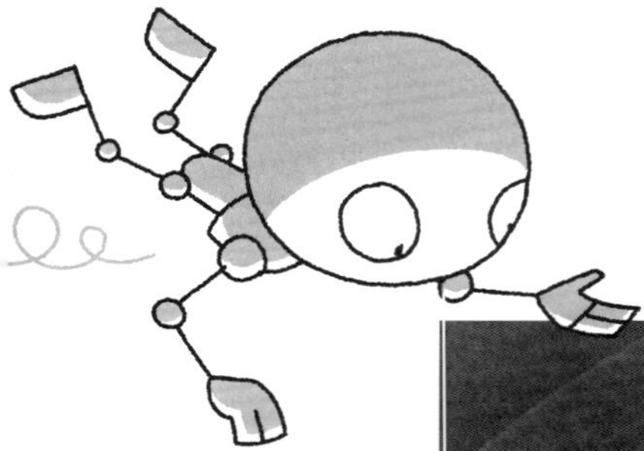

Albert Einsteins Biografie

1879	Geboren in Ulm
1888	Besuch des Luitpold-Gymnasiums in München
1894	Umzug seiner Familie nach Italien, doch Albert bleibt in München. Weil er allein nicht klarkommt, folgt er seiner Familie schließlich.
1896	Studium von Mathematik und Physik in der Schweiz. Nach Abschluss des Studiums: Arbeit beim Patentamt.
1905	Veröffentlichung mehrerer wichtiger Aufsätze. Andere Wissenschaftler werden auf ihn aufmerksam.
1913	Albert Einstein, inzwischen Professor, zieht nach Berlin.
1915	Er vollendet seine Theorie von Raum, Zeit und Gravitation.
1921	Einstein bekommt den Nobelpreis, die höchste wissenschaftliche Auszeichnung der Welt.
1933	Auswanderung nach Amerika
1955	Albert Einstein stirbt als angesehener Wissenschaftler.

DAS BERÜHMTE FOTO

Was soll man machen, wenn man berühmt wäre und ständig von Journalisten verfolgt würde? An seinem 72. Geburtstag streckte Albert Einstein einem lästigen Fotografen die Zunge heraus. Später gefiel ihm der Schnappschuss so gut, dass er ihn überall herumschickte und ihn zu seinem Markenzeichen machte.

EINSTEINS MEINUNG

Schon als Kind hielt Albert Einstein den Krieg für die dümmste Lösung von Streitigkeiten. Als Wissenschaftler soll er später gesagt haben: »Zwei Dinge sind unendlich: Das Universum und die menschliche Dummheit. Aber beim Universum bin ich mir noch nicht ganz sicher ...«

EINSTEIN UND DAS LICHT DER ERKENNTNIS

Das Licht bewegt sich mit einer Gschwindigkeit von fast 300.000 Kilometern pro Sekunde. Das ist gleichzeitig das Tempolimit im Universum (nichts ist fixer als das Licht!) und so superschnell, dass man das gar nicht mitbekommt. Trotzdem braucht das Licht Zeit, bis es unsere Augen erreicht.

Der Mond ist eine Lichtsekunde von der Erde entfernt, die Sonne acht Lichtminuten. Und ein Stern wie Proxima Centauri über vier Lichtjahre! Wir sehen jetzt also die Sonne, wie sie vor acht Minuten war. Alles klar?

Das sind unvorstellbare Entfernungen. Selbst wenn die modernste Rakete fast so schnell wäre wie das Licht – sie bräuchte 75.000 Jahre, um zum uns gegenüberliegenden Rand der Milchstraße zu fliegen.

Entfernungen im All werden also mithilfe von Licht und Zeit gemessen.

MASSE UND GEWICHT

Was ist der Unterschied zwischen Masse und Gewicht? Die Masse sagt, wie schwierig es ist, einen Körper zu beschleunigen oder abzubremsen. Ein Elefant lässt sich aufgrund seiner höheren Masse nur mit deutlich größerem Aufwand beiseiteschubsen als ein Mensch. Gewicht bezeichnet die Kraft, mit der ein Körper auf einem Himmelskörper zu Boden gezogen wird. Dabei ist das Gewicht proportional zur Masse: Ein Körper, der doppelt so schwer ist wie ein anderer, hat auch eine doppelt so große Masse. Deswegen machen es sich die Hersteller von Waagen einfach und lassen Massenwerte anzeigen – zum Beispiel »50 Kilogramm«. Aber sie benutzen dabei natürlich den Umrechnungsfaktor, der für die Erdoberfläche gilt.

Würde man dieselbe Waage auf dem Mond benutzen, würde sie für einen 100 Kilogramm schweren Astronauten nur 16 Kilogramm anzeigen. Nicht, weil der Körper auf einmal eine geringere Masse hätte, sondern weil er vom Mond deutlich weniger angezogen wird als auf der Erde. Tief draußen im Weltall würde der Körper wegen der extrem schwachen Gravitation so gut wie nichts wiegen!

Auf dem Planeten Jupiter wäre das übrigens genau umkehrt: Wegen der großen Schwerkraft auf diesem Planeten würde die Waage für unseren Raumfahrer ein Gewicht von 253 Kilogramm anzeigen. Zumindest würde sie das, gäbe es dort eine feste Oberfläche, um die Waage aufzustellen.

In Wirklichkeit ist Jupiter ein Gasplanet, auf dem Waage und Astronaut gleichzeitig durch die Wolkendecke stürzen würden.

Das ist einer von 24 GPS-Satelliten, wie sie zum Beispiel von Smartphones verwendet werden. Sie liefern die Information, wo genau auf der Erde man sich befindet.

Aber das ist nicht alles: Albert Einstein fand außerdem heraus ... dass Zeit immer schneller vergeht, je geringer die Schwerkraft ist. Auf dem Mond würde eine Uhr also etwas schneller laufen. Der Unterschied ist winzig, aber man kann ihn messen!

Warum ist das so wichtig?

Da die Schwerkraft der Erde in Satellitenhöhe von 13.000 Kilometern nachlässt, vergeht die Zeit dort oben schneller als auf der Erde. Nur wenn man diese Winzigkeit mit berücksichtigt, zeigen GPS-Satelliten die korrekte Zeitspanne an. Wenn ein Navi also zeitlich präzise arbeitet, dann hat man das Albert Einstein zu verdanken.

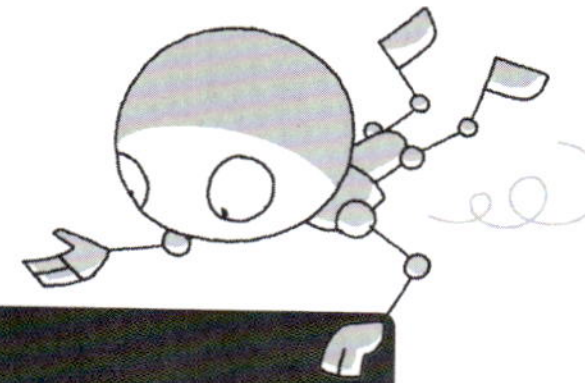

Raum + Zeit = Raumzeit

Jede Masse »verzerrt« nicht nur den Raum, sondern auch die Zeit. Gravitation ist also eine Verzerrung der Raumzeit.

Stellen wir uns Raum und Zeit mal als riesiges Tuch vor. Je größer die Masse, die hiermit in Berührung kommt, desto tiefer die »Beule« im Tuch. Einstein nennt das die »Verzerrung der Raumzeit«.

Sie gibt anderen Massen vor, wie sie sich zu bewegen haben: Sie folgen ihr. Daher dreht sich der Mond um die Erde.

Mit dem Raum verändert sich also auch die Zeit. Würde ich eine Uhr mit hoher Geschwindigkeit an mir vorbeifliegen sehen, dann stelle ich fest, dass sie langsamer läuft als meine eigene Uhr. Das haben Wissenschaftler mithilfe von hochgenauen Atomuhren in Flugzeugen (und Raketen) nachgeprüft.

Für einen Raumfahrer, der fast mit Lichtgeschwindigkeit unterwegs ist (obwohl das in der Praxis gar nicht möglich ist – nur mal angenommen!), vergeht die Zeit an Bord von außen gesehen also deutlich langsamer als für jemanden auf der Erde.

WAS IST EIGENTLICH DIESE RELATIVITÄTSTHEORIE?

Zu den bekanntesten Theorien Albert Einsteins zählen die Spezielle und die Allgemeine Relativitätstheorie.

Vereinfacht gesagt, geht es bei der Speziellen um Folgendes: Eine Stunde ist nicht immer gleich eine Stunde, sondern kann mal langsamer und mal schneller vergehen – je nachdem, wie man sich durch den Raum bewegt oder ob man sich in Ruhe befindet. Zeit ist also nicht »absolut«, sondern »relativ«. Die Allgemeine Relativitätstheorie Einsteins sagt dagegen, wie Raum, Zeit und Gravitation zusammenhängen.

Zur Allgemeinen Relativitätstheorie Einsteins gehören auch die »Gravitationswellen«. Die bewegen sich mit Lichtgeschwindigkeit durchs All – wie Wellen, die man auslöst, wenn man einen Stein ins Wasser wirft. 2015 konnten Wissenschaftler zum ersten Mal Gravitationswellen direkt messen.

WAS BEDEUTET EIGENTLICH DIE BERÜHMTE FORMEL $E=mc^2$?

E steht für Energie und m für Masse. Die Geschwindigkeit des Lichts wird mit c angegeben, c^2 ist dann die Lichtgeschwindigkeit im Quadrat.

Die Gleichung beschreibt, dass Masse und Energie gleich (äquivalent) sind. Und dass durch den hohen Wert der Lichtgeschwindigkeit c schon bei der Umwandlung geringer Teilchenmassen enorme Energiemengen frei werden. Zum Beispiel bei der Atomkernspaltung.

STEPHEN HAWKING

Wichtige Erkenntnisse zu Schwarzen Löchern verdanken wir dem Astrophysiker Stephen Hawking. Genau – das ist der mit dem Rollstuhl. Gemeinsam mit Isaac Newton und Albert Einstein zählt er zu den wichtigsten Physikern der Welt.

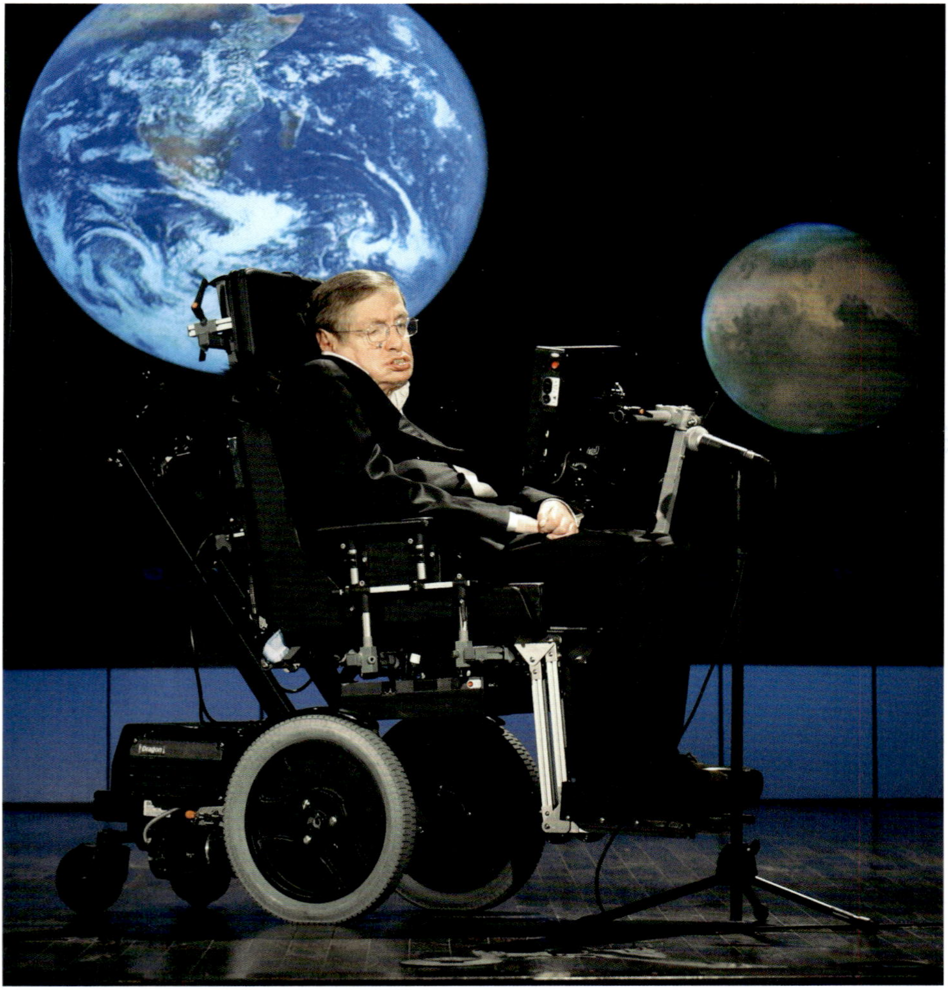

Stephen Hawkings Biografie

1942	Geboren im englischen Oxford
1953	Schon während seiner Schulzeit bekommt Stephen den Spitznamen »Einstein«.
1963	Ärzte stellen fest, dass Stephen unter der schlimmen Nervenkrankheit ALS leidet.
1968	Seit dieser Zeit sitzt Stephen Hawking im Rollstuhl. Später braucht er einen Sprachcomputer, um sich verständlich zu machen.
1988	In seinem Buch »Eine kurze Geschichte der Zeit« beschreibt er die Entwicklung des Universums vom Urknall bis zu den Schwarzen Löchern.
2007	Stephen Hawking erlebt in einem Parabelflug den Zustand von Schwerelosigkeit. Für einen Mann, der an den Rollstuhl gefesselt ist, ein grandioser Moment.

WAS IST DENN NUN EIN SCHWARZES LOCH?

Schwarze Löcher gehören zu den extremsten und rätselhaftesten Phänomenen im Universum. Sie entstehen zum Beispiel, wenn große Sterne explodieren und in sich zusammenfallen. Die Gravitation ist dann so hoch, dass nicht einmal das Licht entweichen kann. Objekte wie Sterne, Planeten oder unvorsichtige Raumfahrer können zwar in ein Schwarzes Loch hineinfallen, aber nie wieder hinauskommen.

IST DAS NICHT GEFÄHRLICH?

Für uns nicht. Das nächste Schwarze Loch ist wahrscheinlich mehr als 3000 Lichtjahre entfernt: der Röntgenstern A0620-00.

BREITEN DIE SICH DENN NICHT AUS?

Doch, schon. Schwarze Löcher werden ein bisschen größer, sobald etwas hereinfällt. Stephen Hawking ist der Meinung, dass sie dennoch nach und nach verdampfen, weil sie an ihren Rändern eine Strahlung abgeben. Diese Strahlung trägt auch seinen Namen: Hawking-Strahlung. Sie konnte aber noch nicht nachgewiesen werden. Die schlauen Forscher wissen eben auch noch nicht alles über die Geheimnisse des Universums!

DU SIEHST, DAS UNIVERSUM STECKT NOCH VOLLER GEHEIMNISSE.

Aber eins ist sonnenklar: Die Schwerkraft hält alles zusammen. Sie sorgt für die Bewegung von Himmelskörpern zum Beispiel in Umlaufbahnen und ist dafür verantwortlich, dass wir nicht in die Schwerelosigkeit abheben. Wir verdanken ihr unsere Existenz. Denn ohne unsere Erdanziehungskraft gäbe es keine Atmosphäre und »unsere« Erde wäre genauso unbewohnbar wie die anderen Milliarden und Abermilliarden von Planeten.